삶을 견디는 기쁨

삶을 견디는 기쁨

힘든 시절에 벗에게 보내는 편지

초판 1쇄 발행	2014년 3월 10일
개정판 5쇄 발행	2024년 12월 10일

지 은 이	헤르만 헤세
옮 긴 이	유혜자
펴 낸 이	한승수
펴 낸 곳	문예춘추사

편 집	이상실, 구본영
디 자 인	박소윤
마 케 팅	박건원, 김홍주

등록번호	제300-1994-16
등록일자	1994년 1월 24일
주 소	서울특별시 마포구 동교로 27길 53, 309호
전 화	02 338 0084
팩 스	02 338 0087
메 일	moonchusa@naver.com

I S B N	978-89-7604-652-9 03850

Das Leben bestehen

Krisis und Wandlung

문예춘추사

삶을 견디는 기쁨

기쁨

힘든 시절에
벗에게 보내는 편지

헤르만 헤세 **지음** | 유혜자 **옮김**

CONTENTS

저녁이 따스하게 감싸 주지 않는
힘겹고, 뜨겁기만 한 낮은 없다.
무자비하고 사납고 소란스러웠던 날도
어머니 같은 밤이 감싸 안아 주리라.

1부

영혼이 건네는 목소리

작은 기쁨

　분주하게 하루를 보내는 것, 그것은 우리의 삶에서 가장 중요한 것으로 여겨지고 있지만 오히려 그것은 의심의 여지 없이 우리의 기쁨을 방해하는 가장 위험한 적이다. 우리는 종종 얼굴에 미소를 띠며 선인들이 쓴 서정적이며 감성적인 여행담을 읽는다. 우리의 조상들이 시간에 쫓긴 나머지 무언가 하지 못했던 일들이 있었던가? 일전에 프리드리히 쉴레겔[1]이 쓴 게으름에 관한 시선집을 읽으며 머릿속에 자꾸만 떠오르는 생각을 지워 버리기 어려웠다.

　'만약 그가 지금 우리가 사는 것처럼 살아야 했다면 그는 얼마나 긴 한숨을 내쉬며 괴로워했을까!'

　현대 사회를 살아가는 우리에게, 어려서부터 바쁘게 움직이고 늘 서두르도록 교육받는 것이 성인이 된 지금까지 줄곧 나쁜 영향을 끼치는 것은 정말이지 안타까운 일이지만, 한편으로는 어쩔 수 없는 일이기도 하다.

그런데 더 안타까운 일은 그렇게 조바심을 내는 것이 우리가 겨우 여가 시간을 누리는 데에도 영향을 미친다는 사실이다. 여가 시간에도 서두르고 바삐 움직이는 것이 일을 할 때보다 신경을 덜 쓴다거나 덜 피로해지는 것도 아니기 때문이다. 그저 우리의 목표는 '가능한 한 많이, 가능한 한 빠르게'가 되었다. 그 결과 쾌락은 점점 더 많아졌지만 즐거움은 오히려 줄어들었다. 도시에서 벌어지는 축제에 참가하거나 놀이공원이라도 찾아간 사람은 뜨거운 열기에 몸은 달아오르고, 통증이 느껴질 정도로 뻑뻑해진 눈 때문에 얼굴을 찡그리게 되고, 온통 힘든 기억들만 머릿속에 간직하게 된다.

그렇게 늘 만족감을 얻지 못하면서도 여전히 과도한 방법으로 여가를 즐기려고 하는 태도는 연극이나 오페라, 혹은 연주회나 그림 전시회를 볼 때에도 쉽게 나타난다. 현대적인 예술 전시회를 찾아가 관람하는 것이 즐거운 경험이 되는 경우는 이제 극히 드문 일이 되었다.

부자라고 해서 그런 유쾌하지 않은 경험을 피할 수 있는 것은 아니다. 언뜻 생각하기에 그들은 우리처럼 아등바등 살지 않을 것 같지만 실상은 그렇지 않다. 최고의 자리를 지켜내기 위해서는 주변에서 일어나고 있는 일에 늘 신경을 써야 하고 그들처럼 움직이지 않으면 안 되기 때문이다.

하지만 다른 사람들과 마찬가지로 나 역시 그런 잘못된 삶의 방식을 치유할 수 있는 방법을 알지 못한다. 다만, 별로 현대적인 모습으로 살고 있지 않는 내가 오래전부터 마음속에 품어 왔던 생각 하나를 말하고 싶다. 적당한 쾌락을 즐기는 것이야말로 삶이 주는 맛을 이중으로 즐길 수 있다는 것이다. 그것과 더불어 일상에서 느끼는 사소한 기쁨을 간과하지 말라는 조언도 꼭 하고 싶다.

결국 내 말의 핵심은 '절제'이다. 굳이 어느 오페라 공연의 초연을 보지 않아도 된다는 결정을 내리는 데에는 용기가 필요하다. 요즘에는 많은 사람들이 일간지를 하루라도 읽지 않으면 큰일이라도 벌어질 것처럼 생각하지만 나는 유행이나 관습에 휩쓸리지 않고 자기만의 길을 가는 사람들을 몇 알고 있다. 그들이 그런 결정을 내린 것은 용기가 필요한 일이지만 그들은 그런 용기를 낸 것에 대해 후회하지 않는다.

정기 관람권을 끊어 두기는 했지만 시간에 여유가 있을 때만 극장에 간다 하더라도 자신이 뭔가 중요한 것을 놓치고 산다는 조급함에 쫓기지 않는 사람이 있다. 분명 그는 매주 시간에 쫓겨 극장에 가는 사람들보다 더 많은 것을 얻을 것이다.

엄청나게 많은 그림들을 둘러보는 일에 익숙한 어떤 사람이, 바쁜 일상 중에서도 한 시간 정도 시간을 쪼개어 몇 점의 대작만 들여다보며 하루를 보낸다면 그는 그것으로 오히려

정자 Gartenhaus

더 많은 이득을 얻을 수 있다.

책을 많이 읽는 사람들의 경우도 마찬가지다. 책벌레라고 불리는 그들은 다른 사람들이 신간 서적에 대해 이야기를 꺼낼 때 함께 대화를 나누지 못하게 된다면 스스로에게 짜증이 날 수도 있다. 몇 번은 다른 사람들의 비웃음을 감수해야 할지도 모른다. 하지만 머지않아 그는 스스로 여유 있는 웃음을 지을 수 있게 될 것이다.

정해진 틀에서 조금이라도 벗어나는 것을 어려워하는 사람은 적어도 일주일에 한 번씩 10시간 정도 잠을 푹 자는 것도 좋다. 그렇게 하고 나면 자느라 소비해 버린 시간과 그로 인해 잃어버린 쾌락을 대체할 만큼 상쾌한 기분을 느끼며 놀라움을 감출 수 없게 될 것이다.

절제된 행동 습관은 '사소한 기쁨'을 내면에서 맛볼 수 있게 해 주어 쾌락을 만끽하도록 만들어 주는 능력이다. 그런 능력은 누구나 태어날 때부터 타고나는데 현대 생활에서 왜곡되고 잃어버린 가치인 유쾌함, 사랑, 서정성과 같은 것들을 기초로 한다. 이른바 시간에 쫓기며 돈에 연연하는 삶을 지양하는 사람들에게 주어진 그러한 작은 기쁨들은, 일상의 곳곳에 너무나 많이 흩어져 있고 눈에 잘 보이지 않아서 일에만 몰두하는 수많은 사람들의 둔감한 감성으로는 거의 느끼지 못할 정도가 되었다.

그런 것들은 눈에 잘 띄지도 않고, 많은 사람들이 희구하지도 않으며, 많은 돈을 들여야 얻을 수 있는 것도 아니다. 더욱 안타까운 것은 가난한 사람들조차 가장 아름다운 기쁨을 맛보는 것에 돈이 들지 않는다는 것을 모른다는 사실이다. 그런 기쁨들 중 가장 으뜸은 우리가 날마다 자연을 접하면서 맛보고 누리는 즐거움이다. 현대 사회를 살아 내느라 특히나 혹사당하며 지나치게 많은 일을 해야만 했던 눈도 마음먹기에 따라서는 지치기는커녕 오히려 즐거움을 만끽할 수도 있다.

아침에 일터로 갈 때에 만나게 되는 나와 반대 방향에서 오는 사람들을 보면, 나도 그렇지만 대부분이 겨우 잠에서 깨어나 추위에 오들오들 떨면서 빠른 걸음으로 발길을 재촉하느라 딴생각을 할 여유가 없다. 대부분의 사람들은 서두르면서 바닥만 보고 걷거나 기껏 시선을 들어도 지나가는 사람의 옷차림이나 얼굴만 훑어볼 뿐이다.

사랑하는 친구들이여, 딱 한 번이라도 시도해 보라! 한 그루의 나무와 한 뼘의 하늘은 어디에서든 찾아볼 수 있다. 굳이 파란 하늘일 필요도 없다. 햇살은 어느 하늘 아래에서도 느낄 수 있을 것이다. 아침마다 하늘을 쳐다보는 습관을 가지면 어느 날 문득 우리 주변을 에워싸고 있는 공기를 느끼고, 잠에서 깨어나 일터로 향하는 도중에도 신선한 아침의 숨결을 맛볼 수 있을 것이다. 매일매일이 새롭게 느껴지고, 심지어 집집마다 지붕 모양이 저마다의 개성을 가지고 있다는 것도 눈에 들어올 것이다.

코르티발로 Cortivallo

조금만 눈길을 돌려 보면 하루 종일 편안한 마음으로 생활할 수 있고 조금이라도 자연과 함께 하고 있다는 마음의 여유를 가질 수 있다. 시간이 조금 지나면 당신은 어느새 당신 주변에 수많은 작은 유혹들이 있다는 것을 먼저 알아채고, 당신이 걷는 길에 잇닿은 자연을 세심하게 관찰함으로써 작은 생물들의 변화무쌍한 아름다움을 이해할 수 있는 눈을 갖게 될 것이다. 그렇게 의식적으로라도 훈련된 시각을 갖기 위해서는 무엇보다도 눈을 뜨고 주변을 살펴보기 시작하는 것이 중요하다.

한 뼘의 하늘, 초록의 나뭇가지로 뒤덮인 정원의 울타리, 튼튼한 말, 멋진 개, 삼삼오오 떼를 지어 가는 아이들, 아름답게 감아 올린 여인의 머리. 우리는 아름다운 그 모든 것들을 눈에 담을 수 있어야 한다. 자연에 눈을 뜬 사람은 거리를 걷는 도중에도 단 1분도 허비하지 않은 채 소중한 것들을 느낄 수 있다. 많은 것을 보지만 눈은 절대로 피곤해지지 않고 오히려 더 강해지고 맑아진다. 설령 내 흥미를 끌지 않거나 보기 흉하게 생긴 것들이라도 모든 사물들은 나름대로의 아름다움을 감추고 있다. 감추어진 아름다움을 보려는 마음이 그것을 볼 수 있게 만든다.

내가 오랫동안 작업했던 집 맞은편에 여학교가 있었다. 열 살 가량 되어 보이는 아이들이 그 집에서 내다보이는 쪽 운동장에 나와 놀고는 했다. 운동장에서 뛰노는 아이들의 시끄러운 소리 때문에 글쓰기에 방해를 받기도 했지만 나는 그곳에서 많은 일을 해냈고, 그 아이들을 바라보면서 얼마나 많은 기쁨을 느끼고 생활의 활기를 찾았는지 말로 표현하기 힘들 정도다. 생기에 넘치는 아이들, 활발하고 호기심에 가득 찬 눈망울, 날렵하고 민첩한 아이들의 움직임이 내 마음 속에 삶에 대한 기쁨을 충만하게 해 주었다. 승마 학교나 닭 훈련소 같은 곳도 내게 비슷한 효과를 발휘했던 것 같다.

집 벽 등의 단색 평면에 비치는 빛의 변화를 한번쯤 눈여겨본 사람이라면 우리의 눈은 작은 것에도 기쁨을 느끼며, 사물을 보며 즐거움을 찾는 능력이 있다는 것을 잘 알고 있을 것이다.

단지 무엇을 보는 것에 그치지 않는다. 누구나 사소한 기쁨을 느꼈던 경험들이 있을 것이다. 예를 들면 꽃이나 열매에서 나는 아주 특별한 향기를 맡는다든가, 눈을 감고 자기 자신이나 다른 사람의 목소리를 가만히 들어보는 것이라든가, 아이들이 조잘거리며 나누는 대화를 엿듣는 경험 같은 것 말이다. 어떤 노랫말을 흥얼거리거나 휘파람을 부는 것도 마찬가지다. 우리는 하루하루 살면서 벌어지는 수많은 사소한 일들과 그로 인해 얻은 작은 기쁨들을 하나하나 꿰어 우리의 삶을 엮어 나간다.

시간이 부족하다며 늘 전전긍긍하고, 재미있는 일이 없다며 항상 따분해하는 사람들에게 알려 주고 싶다. 날마다 벌어

지는 사소한 기쁨들을 가능한 한 많이 경험하고, 거창하고 짜
릿한 쾌락은 휴가를 즐길 때나 특별한 시간을 보낼 때 조금씩
맛보는 것이 더 좋다는 것을. 지친 몸을 추스르고, 일상의 피
로에서 벗어날 수 있도록 도와주는 것은 거창한 쾌락이 아니
라 사소한 즐거움이기 때문이다.

---

1) Friedrich Schelegel(1772~1829) : 독일 낭만파의 문학자이자 평론가. 피히테의 열렬한
신봉자로서 현대 문학을 연구하며 형과 함께 잡지 〈아테네움(Athenäum)〉을 창간하고,
레싱의 〈단편〉에 새로운 예술 형식을 인정하며 피히테(Johann Gottlieb Fichte 1762~1814
독일 고전철학의 대표자 중 한 사람)의 주관적 관념론에 기초를 둔 낭만주의의 근본 이론을
발표했다. 빙켈만(Johann Joachim Winckelmann 1717~1768 독일의 미술사 연구가. 1768년 빈에
서 여황제 마리아 테레지아에게 금상을 받았으나, 귀로 중 강도의 칼을 맞고 불의에 피살되었다. 그는
처음으로 미술사에 양식 개념을 도입하고 미술사학의 방법론을 확립했다)의 역할을 문학에서 이
루기 위하여 《그리스 로마 문학사》(1798)를 써서 고전의 본질을 해명하고, 형과의 공저
《해석과 비판》(1801)을 통해 비평의 원칙을 확립했다. 동양학과 비교언어학의 기점이
된 명저 《동인도의 언어와 예지》(1801) 발간한 후 1803년 산스크리트 어를 배우려고 파
리로 가서 잡지 〈오이로파〉를 발행하고 중세 연구에 전념했다.

절대 잊지 말라

저녁이 따스하게 감싸 주지 않는
힘겹고, 뜨겁기만 한 낮은 없다.
무자비하고 사납고 소란스러웠던 날도
어머니 같은 밤이 감싸 안아 주리라.

오 가슴이여, 그대 스스로를 위로하라.
그리움을 견디기 어려워도
어머니처럼 부드럽게 너를 감싸 줄
밤이 가까이 다가오고 있으리니.

쉴 새 없이 헤매던 방랑객에게

그것은 침대요, 관이 되리라.
낯선 손길이 마련해 준
그 안에서 그대는 마침내 쉬게 되리니.

흥분한 가슴이여 잊지 말라.
그 어떤 기쁨도 진정으로 사랑하라.
영원한 안식을 취하기 전에
아픈 통증까지도 사랑하라.

저녁이 따스하게 감싸 주지 않는
힘겹고, 뜨겁기만 한 낮은 없다.
무자비하고 사납고 소란스러웠던 날도
어머니 같은 밤이 감싸 안아 주리라.

무위의 미학

정신적 노동마저도 오랜 전통을 잊은 채, 멋도 잃고 그저 거칠기만 한 공업 세계를 닮아 가고, 학문과 학교는 우리에게서 자유와 개성을 가차 없이 빼앗아 가려고 하며, 세상은 우리로 하여금 얼른 유아기에서 벗어나 끊임없이 노력하고 쉴 새 없이 달리는 것을 가장 이상적인 삶으로 여기게 만든다. 하지만 이런 세태 속에서는 오래전부터 내려오던 아름다운 예술이 그랬듯이 적당하게 게으름을 피우며 향유하던 무위無爲의 미학도 아득하게 멀어져만 갈 뿐이다.

이전까지는 우리가 적당히 게으름을 피우고는 하던 것을 그 누구보다 잘했던 시절이 마치 없었던 것처럼 말이다. 여기 서구에서는 예술의 경지로 게으름을 부리곤 하는 것이 몇몇

호사가들만 누릴 수 있는 짓이 되어 버렸다.

그렇기 때문에 오늘 날 많은 서구 사람들이 동경의 눈빛을 띠며 동양을 바라보고, 시리아와 바그다드에서 약간이라도 무위의 즐거움을 맛보려고 애를 쓰고, 그 간절한 마음만큼 인도에서 그들의 문화와 전통을 배우고 싶어 할 뿐만 아니라 어떤 진지함과 몰입을 체험하기 위해 부처의 성지를 찾아가는 등의 힘겨운 노력을 한다. 그런데도 그들이 동양의 역사책에서 차가운 성벽으로 울타리를 치고 있는 궁전에 관한 글을 읽으며 느꼈던 그런 마법 같은 기분을 체험하기 위해 우리 가까이 있는 장소를 찾거나 우리 주위에 있는 책은 펼쳐 보지 않는다는 사실이 더욱 이상하게 여겨지기만 한다.

왜 그렇게 많은 사람들이 터키의 전래 동화나 아랍의 《천일야화》, 혹은 《앵무새의 책》이나 《데카메론》과 유사한 구하기 힘든 동양의 유서 깊은 책 등을 보며 묘한 기쁨과 해방감을 맛보는 것일까? 파울 에른스트[2] 같은 섬세하고 독창적인 작가가 왜 《동양의 공주》같은 작품을 쓰면서 왜 그토록 좁은 길을 걸으며 오래된 형식을 찾으려고 하는 것일까? 왜 오스카 와일드[3]는 심혈을 기울이면서 상상의 세계, 그곳으로 자꾸 도피하려고 했던 것일까? 솔직히 말해서 몇몇의 동양학자들의 도서를 제외한다면 내용 면에서는 그 두꺼운 《천일야화》가 그림 형제 동화의 어떤 단편이나 중세 기독교 신화와 같은 무게로 다가오지 않는다는 것은 인정해야 한다. 그런데도 우리는 그 이야기들을 재미있게 읽는다. 그러고서는 그 이야기가 그 이야기 같아서 금세 잊어버리고는, 다시 책장을 잡으며 똑같은 기쁨을 맛본다.

왜 그런 것일까? 사람들은 흔히 그 이유를 동양의 아름답고 신비로운 문화에서 찾아야 한다고 말한다. 그러나 그 말을 하는 우리는 우리 자신의 미학적인 판단 능력을 과대평가하고 있는 것은 아닐까? 안 그래도 우리 문학에서 타고난 이야기꾼들을 제대로 평가하는 경우가 지극히 드문 마당에 왜 유독 우리는 동양의 문학과 그들이 하는 이야기만을 추앙하는 것일까? 잘 쓰인 작품을 읽는 기쁨이 크다는 것이 이유일 수는 없다. 사실 우리는 그런 것에 별로 관심이 없기 때문이다. 우리는 책을 읽으면서 대강의 줄거리를 파악할 수 있다면 그 외에는 심리적으로 감성적인 자극만 찾으려 들기 때문이다.

우리를 마법의 사슬로 옭아매는 동양 예술의 배경에는 우리가 갖지 못한 동양적인 느림의 미학이 있다. 다시 말해서 그것은 여유로운 기질이 예술로 승화, 발전한 것이다. 아라비아의 이야기꾼들은 이야기가 절정에 이르는 부분에 다다르면 공연히 시간을 끌면서 궁전의 화려한 장식, 혹은 보석을 매달아 예쁘게 만든 말의 안장, 수도승의 덕망이나 진정한 현인의 완벽함을 세세한 묘사를 통해 표현한다. 그들은 왕자나 공주가 결정적인 한 마디 말을 던지기 전에 그들 입술의 움직임이나 붉은 빛깔에 대해 말하고, 아름다운 하얀 이와 이글이글 불

가면무도회 Maskenball

타오르는 강렬한 눈빛, 겸손하게 아래로 향하는 눈빛과 깨끗하게 잘 손질한 손의 움직임, 그리고 발그스름한 빛이 나는 손톱과 손가락에 끼워진 반짝이는 보석 반지를 묘사한다. 이야기를 듣는 사람은 이야기꾼이 들려주는 이야기를 중간에 끊지 않는다. 요즘 독자들이 이야기를 들으며 조바심을 내거나 줄거리만 빨리빨리 읽어 내려는 성급한 태도를 보이는 것과 같은 행동은 하지 않는다. 그들은 우리가 사랑의 감격에 겨워하는 젊은이들의 기쁨이나, 불행에 처한 건축업자의 자살 이야기에 열심히 귀 기울이는 것처럼 그저 동양에 살고 있는 늙은 은둔자의 성격에 대해서 많은 관심을 기울일 뿐이다.

우리는 책을 읽으면서 한없는 부러움을 느낀다. 그들은 시간도 많고 그만큼 여유가 있어 보이기 때문이다. 마치 그들은 어떤 사람의 아름다움이나 나쁜 사람의 비굴함에 대해 생각해 보기 위해 기꺼이 하룻밤과 오전 시간을 할애할 마음의 준비가 되어 있는 사람들처럼 보인다. 그리고 이야기를 듣는 사람들은 이야기의 절반 정도를 들었을 뿐인데 자정 무렵이 되어 버리면 내일도 또 다른 하루가 있다는 것에 대해 알라께 감사의 기도를 드리고 조용히 잠자리에 든다.

그들은 시간의 백만장자다. 그들은 깊이를 알 수 없는 우물에서 물을 길어 올리는 사람들처럼 한 시간, 하루, 혹은 일주일의 시간을 여유롭게 보내도 아무런 문제가 없는 것 같다. 그렇게 밑도 끝도 없으면서 서로 얽히고설켜 있는 신비스러운 이야기들을 읽으면서 우리도 어느샌가 인내심이 많아진 것을 느끼고, 이 이상한 이야기가 끝나지 않기를 내심 바라는 것을 알 수 있다. 무위의 신이 우리를 마법의 지팡이로 치유해 주는 큰 마법에 걸려들었기 때문이다.

　지친 몸을 이끌고 인류와 문화의 고향 같은 요람을 찾아 순례를 떠나고, 공자나 노자같은 위대한 스승이 들려주는 가르침에 무릎을 조아리는 많은 사람들이 그렇게 할 수 있는 이유는 그들이 추구하는 신성한 무위에 대한 간절한 그리움 때문이다. 산꼭대기에 앉아 구름이 움직이는 모습을 관찰하고, 달이 지고 해가 뜨는 조용한 흐름을 끊임없이 감지하면서 자신의 영혼에 귀를 기울이는 사람에게, 걱정을 다 잊게 해 준다는 바쿠스[4]나 달콤한 잠을 취하게 해 준다는 해시시[5]가 무슨 의미가 있겠는가?

　애석하게도 우리 서양에서는 시간이 아주 작은 단위로 나뉘어졌고, 그 하나하나가 돈의 가치를 지니게 되었다. 그렇지만 동양에서는 아직 시간이 나뉘어지지 않은 채 도도한 물결이 되어 세상의 갈증을 채워 주고, 바다의 소금이나 천체의 불빛처럼 영원히 마르지 않은 채 흐르고 있다.

　인간성을 짓밟아 버리는 이 시대의 공업과 과학에 그 어떤 충고를 해 줄 생각은 전혀 없다. 공업과 과학이 인간성을 필요로 하지 않는다면 굳이 그것을 가지고 있어야 할 이유도 없다. 그러나 파산지경에 이른 문화라는 섬의 한가운데에서

취리히 시의 모티프 Motiv bei Zürich

겨우 입에 풀칠을 하면서 목숨을 연명해 가려는 우리 예술가들은 유서 깊은 법칙을 좇아가야만 한다. 우리에게 인간성은 사치가 아니라 존재를 위한 필수 조건이며, 삶을 위한 공기이고, 절대로 빼놓을 수 없는 자산이다.

여기에서 내가 예술가라고 생각하는 사람이란 삶을 살아가면서 스스로 성장하고 있는 사람들, 자기가 쓰는 힘의 근원을 알고 그 위에 자신만의 고유한 법칙을 쌓아 올리는 것을 꼭 해야 한다고 느끼는 사람들을 말한다. 즉 그들은, 잘 지은 건축물의 천장이 벽과 어울리고 지붕이 기둥과 잘 맞는 것처럼, 확실하고 의미 깊은 관계의 기본 원칙에 아무런 영향도 끼치지 못하는 저급한 행동이나 표현을 삼가는 사람들이다.

그런데 예술가들은 가끔이라도 하는 일 없이 시간을 허비하기도 하는 생활을 해야 할 필요성을 느낀다. 그것은 새로 깨달은 것을 정확하게 해석하거나 무의식적으로 진행되는 것을 숙성시키기 위해서이기도 하고, 전망이 불투명한 상황에서 자꾸만 다시 자연스러운 것에 가까이 다가가고, 다시 어린이가 되기도 하며, 자신을 땅의 벗이요 형제라고 생각하며, 식물과 바위와 구름을 느껴 보기 위해서이기도 하다.

그림을 그리는 사람이든, 글을 쓰는 사람이든 혹은 집을 짓거나 시를 쓰는 사람이거나 간에 일을 하는 것 자체를 즐기고 싶어 하는 사람이라면 누구든지 일정한 휴식 시간이 꼭 필요하다. 새로 화첩을 펼쳐 놓은 화가가 그림을 그릴 내면의 준비가 덜 되었다면 이런저런 새로운 시도도 해 보고 의심도 해 보며 예술적인 구상도 해 본다. 그러다가 결국에는 벌컥 화를 내면서 자신은 결코 어떤 쓸모 있는 일을 할 수 없는 사람이라는 결론을 내 버리고, 화가가 된 것을 후회하다가 급기야는 작업실 문을 닫아 버린 채, 유유자적하며 설렁설렁 일을 하는 것처럼 보이는 거리의 청소부를 부러워하는 지경에 이르게 되는 것이다. 이미 계획했던 것이 난관에 부딪친 시인이라면 애초에 느꼈던 그 벅찬 감정을 그리워하며, 한번 써 놓은 단어나 문장 전체를 아예 다 지워 버리고 글을 새로 쓰기도 하다가 그것마저 불구덩이에 집어넣고는 전에는 머릿속에 확실하게 떠오르던 구상이 아득하게 멀어져 가는 것을 느낀다. 동시에 자신의 열정과 감정이 갑자기 자질구레하고 참되지 않으며 그것은 순전히 우연이었다고 자책하면서 일을 내팽개치고 거리로 나가 비슷한 고통을 겪은 화가처럼 거리의 청소부를 부러워하게 된다. 다른 예술가라고 이들과 크게 다르지 않다.

　　대부분의 예술가들이 삶의 3분의 1 내지 절반을 그런 식으로 흘려보낸다. 지극히 드문 몇몇 사람만이 공백기 없이 꾸준히 활동을 이어 나가지만 텅 빈 무위의 휴지기가 생겨나면, 그는 그것 때문에 속세의 사람들로부터 비웃음이나 동정을 받는다. 보통 사람들이 아주 작은 창작을 하는 데도 얼마나 많은 수고와 노력을 기울여야 되는지 잘 알지 못하는 것만큼, 일단 작업을 시작한 화가가 왜 붓을 잡은 채 계속 일하지 않는지, 왜 편안한 마음으로 작품을 완성하지 못하는지, 왜 마무리를 짓지 못한 채 몇 날 며칠을 작업실에 틀어박혀 생각에 깊이 잠겨 있는지 잘 이해하지 못한다.

예술가는 그런 휴지기를 맞으면 스스로에게 놀라고 실망하여 자괴감에 빠져 괴로워하다가 넘칠 정도로 가득 찬 것이 오히려 자기를 꼼짝달싹 못하게 만드는 권태라는 것을 깨닫고, 선천적으로 타고난 법칙을 따라야 한다는 것을 인정한다. 그의 몸속에는 그가 가시화可視化시키고 싶어 하고, 아름답게 변모시키고 싶어 하는 무엇인가가 꿈틀대지만 그것은 아직 드러나기를 원하지 않고 미처 성숙되지 않아서 수수께끼로 남아 있는 어떤 유일한 해결책을 모색하고 있는 것이다. 그러므로 기다리는 것 말고는 뾰족한 수가 없다.

그런 기다림의 시간에 할 수 있는 일은 수백 가지나 된다. 특히 유명 작가의 작품을 보면서 좀 더 공부하는 것도 좋은 방법이다. 그렇지만 살에 박힌 가시처럼 아직 해결되지 않은 문제점을 안고 지내야 한다면 셰익스피어의 작품을 읽는 것이 오히려 괴로움이 될 수도 있다. 마찬가지로 그림을 그리다 잘되지 않아 마음이 괴롭다면 티치아노[6]의 그림을 보는 것이 아무런 위안도 되지 않을 수도 있다. 이른바 '생각하는 예술가'를 이상으로 삼는다는 젊은 예술가들은 작업이 잘되지 않을 때에는 생각에 몰두하거나 혹은 목적도 없이 쓸데없는 공상을 하고, 때로는 맹목적인 관찰을 하며 망상에 사로잡히는 것이 좋다고 생각한다.

　예술가들 사이에도 일고 있는 금주와의 전쟁에서 성공적으로 술과 맞서 싸우지 못한 사람들은 좋은 술을 찾아 나선다. 오히려 나는 그들에게 깊은 공감을 느낀다. 마음을 편안하게 해 주고, 위로해 주며, 꿈을 꾸게 만들어 주는 포도주가 오히려 그것을 적대시하도록 만드는 사람들보다 훨씬 더 근사하고 멋지게 느껴진다. 그렇지만 근사하고 멋지게 술을 마시는 것이 아무에게나 다 가능한 것은 아니다. 한잔 술을 우아하고 지혜롭게 즐기며 그것을 사랑하고 달콤하게 빠져들게 하는 부드러운 언어를 이해하기 위해서는 다른 예술 분야와 마찬가지로 천성적으로 타고나야 할 뿐만 아니라 적당한 교육도 받아야 한다. 훌륭한 전통을 학습하지 못한다면 완벽함에 도달하는 경우는 지극히 드물기 때문이다. 그렇게 선택받은 사람일지라도 지금 우리가 이 자리에서 말하고 있는 것처럼 아무 것도 해내지 못하는 무기력한 시기를 보내고 있는 사람이라면 은화가 꼭 필요할 때 그의 주머니는 텅텅 비어 있는 경우가 태반일 것이다.

　그렇다면 예술가들은 작업할 의욕이 전혀 없는 상태와 복잡한 망상에만 사로잡히는 공허함이라는 두 가지 위험 요소 사이에서 어떻게 육신과 정신을 온전히 지켜 내며 위기를 벗어날 수 있을 것인가?

　사람들과 시간을 보내거나 운동이나 여행을 하는 것 등

포도주 통이 있는 주점 Wein Kasten Alkoholiengeschäft

은 의욕이 없고 공허함을 느끼는 상황에서 쉽게 할 수 있는 일들이다. 물론 이런 것들도 그만한 여유가 있는 사람들이 할 수 있는 일이지만 이들 가운데 예술가의 공명심을 가지고 있는 사람은 극히 드물다. 비슷한 종류의 예술을 하는 사람들조차 힘든 시기에는 서로에게 아무런 도움이 되지 못한다. 해결되지 않는 고민에 고통스러워하는 시인이 화가를 찾아가거나, 화가가 음악가를 찾아가 다시 정신적 균형을 이루며 편안해지는 경우는 드물다. 예술가가 타인의 이야기를 진정으로 깊게 받아들일 수 있는 것은 삶이 명쾌하고, 창조적인 시기에서만 가능하기 때문이다.

고통을 겪고 있는 시기에는 오히려 모든 예술이 빈약하거나, 시시하거나 과도한 부담을 안겨 주는 것처럼 보일 것이며, 일시적인 낙담이나 무기력증에 빠져 있을 때 한 시간 동안 베토벤의 음악을 듣는 것은 마음을 치유하기보다는 오히려 마음을 더 울적하게 만들어 버릴 것이다.

바로 이런 상태가 되면 나는 오랜 전통으로 확고하게 자리를 굳히고, 누구에게나 잘 알려져 있는 무위의 예술을 간절히 그리워한다. 그리고 순수하게 게르만 민족의 정서를 가지고 있는 내가, 겉으로 보기에는 아무 형태도 없는 것처럼 보이는 식물적 존재 방식을 유지하고, 아무것도 하지 않는 무위에 고급스럽게 정돈된 리듬을 부여하는 관심을 오랫동안 이어 오고 있는 아시아에 부러움과 동경의 눈빛을 보낸다.

나는 이 지면을 통해서 그런 예술의 문제를 실험적으로 해결하기까지 많은 시간을 투자했다는 것을 떳떳하게 말할 수 있다. 그런 일을 하면서 내가 얻은 경험은 나중에 좀 더 특별한 지면을 위해 남겨둘 생각이지만 아무것도 하지 못하는 힘든 시간을 보낼 때 이 방법을 통해 많은 도움을 받았다는 점만은 분명히 밝혀 두고 싶다. 몇몇 예술가들이 분명한 계획에 따라 움직이면서 게으름을 피우지 않기 위해 노력하거나, 혹은 독자들 가운데 마치 협잡꾼에게 실망한 것처럼 예술가에게 등을 돌리는 사람이 나타나지 않게 하기 위해 그러한 예술을 배웠던 내 자신의 초기 경험들을 이 자리에 일목요연하게 정리해 보겠다.

1. 어느 날 나는 특별한 생각 없이 독일어로 완역된 《천일야화》와 《사지드 바탈의 여행Fabrten des Sajjid》을 도서관에서 빌려와 책장을 넘겼다. 그리고 처음에 얼마간 책 읽는 재미에 빠져 있다가 그것을 반납할 시간이 다 되었을 즈음에는 두 권 다 재미없다는 생각을 했다.

2. 왜 그런 생각을 하게 되었는지 그 원인을 곰곰이 생각해 보다가 나는 책이란 자리에 눕거나 바닥에 앉아 읽어야 된다는 것을 깨닫게 되었다. 반듯하게 앉아서 책을 읽는 서양의 의자는 그런 효과를 모두

빼앗아 버리는 것이다. 일단 그런 생각을 하고 나자 눕거나 주저앉아 있으면 공간과 사물에 대한 내 시각이 완전히 변한다는 것을 처음으로 깨닫게 되었다.

3. 시간이 조금 지나자 나는 책을 직접 읽는 것보다 다른 사람이 읽으면(물론 그 사람은 눕거나 주저앉아 책을 읽어야 한다) 동양적인 분위기가 더 강하게 느껴진다는 것을 발견하였다.

4. 마침내 합리적인 행동으로 만들어진 작품은 곧 체념 어린 관람자의 감정을 만들어 내고, 그것은 잠시 후 아무런 작품을 만들어 내지 않더라도 수시간 동안 조용하게 꼼짝도 하지 않을 수 있게 해 주고, 아주 작게 보이는 사물에 관심을 갖게 만들어 준다(예를 들면 모기가 공중을 나는 모습, 햇빛 속에 보이는 아주 미세한 물질의 움직임, 광선의 흐름 등등). 그런 것을 보다 보면 주변에서 얼마나 다양한 일들이 벌어지고 있는지 놀라게 되고, 마음에 안정을 되찾으면서 나 자신을 완전히 잊어버릴 수 있고, 그렇게 함으로써 치유될 수 있는 기초가 만들어지고, 절대로 지루한 시간들이 우리를 지치게 하지 못한다는 것을 알게 되었다.

나에게는 그것이 시작이었다. 다른 사람들은 다른 방법을 통해 의식이 깨어 있는 생활을 벗어나 예술가에게 꼭 필요하고 도달하기 힘든 자아 망각의

시간을 얻을 수도 있을 것이다. 다만 내가 소개한 방
법이 이미 존재하는 무위가 가진 힘에 대해 잠시나
마 관심을 갖게 하는 계기가 되었다면 더할 나위 없
겠다.

---

2) Paul Karl Friendrich Ernst(1866~1933): 독일의 소설가이자 평론가. 사회주의자로서
자연주의적 현실 묘사에 역점을 두고 글을 썼으며 민족적 색채가 짙은 신고전주의 확
립에 힘썼다.

3) Oscar Wilde(1854~1900): 아일랜드의 시인이자 소설가, 극작가, 평론가. 안과 의사이
자 고고학자인 아버지와 시인인 어머니 사이에서 태어났으며 트리니티칼리지와 옥스
퍼드대학에서 공부하였고, 고전 과목에서 우수한 성적으로 졸업하였다. '예술을 위한
예술'을 표어로 하는 탐미주의를 주창했으며 그 분야의 권위자였다.

4) Bacchus: 로마 신화에 나오는 술의 신酒神. 제우스와 세멜레의 아들로 자연의 생성력
및 포도, 포도주를 다스린다고 한다. 그리스 신화의 디오니소스Dionysos에 해당한다.

5) Haschisch: 인도 대마초에서 추출한 마취제로 13세기경 이집트에서 음주가 금지되
어 있던 이슬람교도에게 기호물로 널리 애용되었다. 코카인, 헤로인과 함께 대표적인
마약으로 분류된다.

6) Vecellio Tiziano(1488/1490~1576): 이탈리아 출신의 르네상스 화가. 피렌체파의 조각
적인 형태주의에 대해 베네치아파의 회화적인 색채주의를 확립했다. 고전적 양식에서
완전히 탈피하여 격정적인 바로크 양식의 선구자 역할을 하였다.

아름다운 오늘

내일, 내일은 어떻게 될까?
슬픔, 근심, 약간의 기쁨,
무거운 머리, 쏟아붓는 포도주.
살아라, 아름다운 오늘을!

빠르게 흘러가는 시간이
영원한 노래 가락으로 변해도
꽉 차 있는 이 잔은
절대로 변하지 않는 나의 것.

내 흐트러진 젊음의 불꽃,

이즈음에 활활 높이 타오른다.

죽음, 여기 내 손이 있다.

감히 나를 강요하겠느냐?

잠 못 이루는 밤

당신은 늦은 밤 침대에 누워 잠을 이루지 못한다. 거리는 조용하고, 정원에 있는 나무 사이로 바람이 일렁인다. 어디선가 개 짖는 소리가 들려온다. 멀리 마차가 지나는 소리도 난다. 당신은 뚜렷하게 고막을 울리는 소리를 들으며 마차에 용수철이 있어서 저렇게 요동을 친다는 것을 알게 되고, 골목 어귀를 돌아가는 마차를 머릿속으로 좇아간다. 잠시 후 바쁘게 돌아가던 바퀴가 고요한 침묵 속으로 점점 작아지는 소리를 듣는다. 그리고 조금 지나면 누군가 바쁘게 지나가는 소리도 들린다. 잰걸음으로 움직이는 그의 발걸음 소리는 텅 빈 거리에 평소보다 더 크게 울려 퍼진다. 그 사람이 걸음을 멈춘 다음 문을 열고 안으로 들어가는가 싶더니 다시 문이 닫힌다. 그

포를레차를 바라보며 Blick nach Porlezza

리고 다시 무거운 침묵이 흐른다. 잠시 활기가 도는가 싶더니 소리는 점점 더 줄어들고, 더 약해지다가 모든 것이 피곤에 지치고, 한 줄기 미세한 바람과 벽지 속으로 흘러내리는 고운 흙덩이 소리조차 귓가를 울리고, 정신이 번쩍 든다.

　　잠은 오지 않는다. 다만 피로감만이 눈과 머릿속 상념에 고운 망사를 펼치고, 당신은 귓속에서 피가 쉼 없이 흘러가는 소리와 혈관 속으로 일정한 박자에 맞춰 흘러가는 맥박 소리를 듣는다. 그리고 아픈 머릿속으로 조용하면서도 열에 들뜬 생명의 소리를 감지한다.

당신이 몸을 뒤척이거나 일어섰다가 다시 눕는다고 해도 아무 소용이 없다. 그것은 당신이 어떤 행동을 취하든 절대로 빠져나갈 수 없는 시간 중 하나이다. 생각과 감정의 흐름, 지나간 시간들의 기억들이 당신을 압도하고 당신은 어느 누구와도 이야기를 나눌 수 없다. 객지에 살고 있는 사람에게는 눈앞에 고향풍경이 나타난다. 유년의 집과 정원, 절대로 잊히지 않을 만큼 천진난만한 개구쟁이 시절을 보냈던 숲, 시끄럽게 뛰어 놀던 방과 층계도 보인다. 어딘가 조금은 낯설고 진지하며, 예전보다 늙어 보이는 부모님의 얼굴에는 사랑과 근심, 그리고 약간 서운한 감정이 배어난다. 손을 뻗어 마주 잡을 손을 찾아 헛된 몸짓을 하기도 한다. 곧 커다란 슬픔과 외로움이 몰려오고, 다른 사람들의 모습도 눈앞에 아른거린다. 가슴 졸이고 답답한 기분으로 보내는 그런 시간들은 우리를 우울하게 만들고는 한다.

힘든 밤을 지새우고, 사랑에 외면당하고, 선의를 짓밟히는 것. 젊은 시절 한번쯤 이런 경험을 하지 않은 사람이 어디 있겠는가? 자기에게 주어진 행운을 고집과 교만으로 인해 놓쳐 버리고, 자존심에 상처를 입으며, 가슴 아픈 말 한마디로 친구를 괴롭히고, 지키지도 못할 약속을 하고, 고통을 줄 뿐인 아름답지 못한 몸짓으로 시간을 보내는 것. 이런 시간을 보내보지 않은 사람이 어디 있겠는가? 이제 와서 그들이 당신 앞에 나타나 아무 말도 하지 않은 채 그저 편안한 눈빛으로 당신

을 바라본다면 당신은 당신 자신과 그 시간들을 부끄러워하
게 될 것이다.

낮에는 많은 활동을 하고, 복잡한 문제들을 해결하고, 어
지러운 시간들을 보내면서 침대에서는 아무 근심 없이 보낸
밤이 과연 며칠이나 되는지 문득 궁금해질지도 모른다. 그리
고 오늘처럼 침묵의 시간을 보내고, 담소를 나눌 사람도 없이
지낸 지가 무척이나 오래되었다는 생각을 하게 될 것이다. 당
신은 너무나 많은 것을 보고, 듣고, 말하고, 웃으면서 살아왔
는네 삼노 오지 않는 지금은 유년기에 보았던 파란 하늘이 보
이는 것 같고, 오래 전에 죽은 사람이 마치 당신 곁에서 무언
가를 속삭이는 것 같은 착각이 들다가도 마치 어느 순간은 그
모든 일들도 낯설어질 만큼 기억에서 지워져 마치 아예 일어
나지도 않았던 일처럼 느껴질 것이다.

잠은 자연이 주는 귀중한 선물이자 친구이며, 피난처이고
마법사이자 나를 따스하게 위로해 주는 손길이다. 오랫동안
불면증에 시달리면서 잠깐 조는 정도만으로도 만족하는 사람
들의 고통을 보면 나는 너무 가슴이 아프다. 그렇지만 또한 평
생 동안 잠 못 이루는 밤을 단 한 번도 경험해 보지 않은 사람
도 절대로 사랑할 수 없을 것 같다. 만약 그런 사람이 있다면
아마도 그는 가장 순진한 영혼을 지닌 어린아이 같은 사람일
것이다.

모든 것이 빠르고 정신없이 변하는 우리 생활에서 감각

밤의 로카르노 Locarno an Nächte

으로 느끼는 삶과 영혼으로 느끼는 삶이 뒤로 물러서고, 추억과 양심의 거울 앞에 우리 영혼이 당당히 얼굴을 드러내는 시간은 놀라울 정도로 짧게 느껴지기 마련이다. 그런 감정은 어머니의 임종을 지켜봐야 하는 침대 곁이나 관 옆에서, 혹은 혼자서 떠난 외롭고 긴 여행에서 돌아오는 순간에 큰 고통을 느끼며 경험하게 된다. 그러나 그 순간 느끼는 감정들은 늘 다른 것으로부터 방해받거나 더러워지기 마련이다. 그런 점에서 잠 못 이루는 밤이 의미가 있는 것이다. 그 시간만이 외적인 충격 없이도 우리의 영혼을 그대로 드러내면서 충분히 놀라거나, 솔직한 감정을 의식하고, 마음껏 슬퍼할 수 있도록 도와준다.

우리가 살고 있는 감성적인 낮 시간의 삶은 절대로 순수하지 않다. 온몸의 감각이 깨어 있으며 우리의 분별력은 미세한 감정의 흔들림, 상대방 목소리의 높낮이, 삶의 미세한 변화, 친구의 익살스러운 말 한마디에 숨겨진 의미까지 신경 쓰면서 활발하게 활동한다. 하지만 밤의 영혼은 반쯤 눈을 감은 채 그저 낮 시간을 관망할 뿐이고, 낮에 경험한 의존과 억압 속에 수개월 동안 영혼의 절반만 깨어 있는 채 살아가다가 근심에 싸여 있는 잠 못 이루는 밤에 멍에를 풀어낸다. 그렇게 밤이 되어서야 우리 앞에 온전한 모습을 드러내 우리를 깜짝깜짝 놀라게 한다. 비록 어떤 형태를 띠고 있지는 않지만, 밖에서 보아도 우리 안에 변하지 않고 쉽게 흔들리지 않을 것 같은 힘을 가지고 있다는 것, 또한 우리가 속수무책이었던 것에 대해 내면의 목소리가 무언가 말을 건네고 있다는 것을 인식하는 것은 우리에게 많은 도움이 될 수 있다. 정직하며 스스로에게 믿음을 가지고 있는 사람은 그런 목소리에 귀를 기울이고, 무언가에 시선을 몰두하면서 외로움의 시간을 벗어난다.

불면증에 시달리는 사람들이라면 지금 내가 무슨 말을 하려고 하는지 이미 눈치를 챘을 것이다. 그렇기에 이 이야기가 그들에게는 필요하지 않은 잔소리 같을 수도 있지만 나는 불면증이 병으로 커진 것에 대해서 말하고 싶다. 병이 된 불면증에 대해 이미 알고는 있었지만 굳이 말로 표현하지 못했던 것을 내가 대신 말해 주는 것을 오히려 좋아하는 사람이 있을지도 모르겠다. 하지만 내가 여기서 말하고자 하는 것은 잠을 이루지 못함으로써 얻게 되는 내면의 가르침에 관한 것이다.

몸을 아프게 하는 병과, 치료가 되기까지 오래 참아야 하는 기다림은 두말할 것도 없이 우리를 훌륭하게 가르치며 이끌어 주는 스승이다. 그렇지만 신경증으로 고통을 받고 있는 사람들에게는 특별한 가르침이 필요하다. 대부분의 사람들은 말이나 행동에 있어서 지나칠 정도로 소심하고 늘 머뭇거리는 사람들을 보면서 "저 사람은 고생을 참 많이 하고 살았나 봐."라고 쉽게 말하고는 한다. 하지만 자신의 육신과 생각을 다스리고 위로하는 방법에 대해 '잠 못 이루는 밤'만큼 제대로 가르쳐 주는 것은 아무것도 없다. 누군가를 부드럽게 감싸 주고 배려해 주는 것은 스스로 그런 것을 필요로 하는 사람만이 할 수 있는 것이기 때문이다. 따뜻하고 사랑스러운 눈빛으로 사물을 바라볼 줄 알며, 정신적인 아픔을 이해하고 인간적인 취약점을 감싸 주는 것은 참담한 고요 속에서 누군가의 방해도 받지 않고 온전히 혼자만의 생각에 잠겨 있는 외로운 시간을 보내 본 사람만이 할 수 있다.

우리는 겉모습만 보고는 그 사람이 얼마나 많은 밤 동안 잠을 이루지 못하고 지내 왔는지 알아채기 힘들다. 그렇기 때문에 잠을 이루지 못함으로써 얻을 수 있는 교육적인 가치 중에 다른 것들과 반드시 연관시켜 생각해 보아야 하는 것이 있는지, 정확히 측정할 수 있는 부분이 있는지에 대해 언급해 두고 싶은 것이다.

불면증은 경외심을 배울 수 있는 최고의 학교다. 모든 사물에 대한 경외심, 초라한 삶에 시간이 지날수록 점점 더 분위기를 고조시키는 향기에 대한 경외심, 시나 다른 예술적 활동을 위한 최고의 조건으로서의 경외심.

불면증에 시달리는 사람이 침대에 누워 있는 모습을 떠올려 보라. 그에게 시간은 조용히, 몸서리쳐지도록 조용하면서도 천천히 흐른다. 그 시간은 마치 종이 울린 한 시간과 다음 시간 사이에 참기 어려울 만큼 한없이 깊고 시커먼 균열이 넓게 자리 잡고 있는 것처럼 느껴진다. 그는 생쥐가 달려가는 소리, 마차가 굴러가는 소리, 시계의 초침 소리, 우물에서 들려오는 물소리, 바람 소리, 가구가 삐거덕거리는 소리를 얼마나 많이 들었겠는가! 우리도 평소에 그런 소리들을 들어왔지만 별로 신경을 쓰지 않았다. 그러나 이제는 쥐 죽은 듯한 고요함과 외로움 속에서 살아 움직이는 것들을 느끼며 나는 아주 작은 소리도 간절히 그리워하고 있다.

굴러가는 마차는 우리에게 다시 활력을 불어넣어 주어, 우리는 그것이 얼마나 무겁고, 어떻게 만들어졌으며, 말은 어느 정도로 피곤하고, 힘은 얼마나 남아 있는지 생각해 보려고 한다. 그리고는 마차가 달리고 있는 거리를 머릿속에 떠올려 보고, 그것이 곧 모퉁이를 돌아 들어갈 다른 거리도 상상해 보는 것이다. 우물에서 나는 물소리는 또 어떤가! 우리는 그것을 부드러운 음악처럼 느끼기도 하고, 병문안을 온 사람들이 가져다주는 건강한 위로와 그들이 묻혀다 전해 주는 바깥의 신선한 공기를 고맙게 받아들이는 환자처럼 기쁨의 소리를 엿들으며 고마워한다.

물이 꽉 찬 양동이에 쏟아지는 물줄기 소리와 작은 단지에서 조용히 일렁이는 물소리를 듣는다. 그렇게 계속 주변에서 나는 소리를 엿듣다 보면 우리는 박자에 맞춰 콧노래를 부르다가도 어느새 소리를 죽인 채 그것이 자연스럽게 내는 소리를 가만히 듣고는 한다. 흘러넘친 물이 찾아가는 길을 계속 상상하면 시냇물과 강물, 바닷물까지 생각하게 되고, 결국 영원한 성숙과 노력, 그리고 새로 생명이 잉태되는 발상지까지 생각이 닿고는 한다. 그렇게 생각이 꼬리에 꼬리를 물며 이어지면서 이제까지 누구도 설명하지 않았고 이해되지 않아서 혼란스러웠던 어떤 관계나 법칙이 갑자기 눈앞에 뚜렷하게 나타난다.

잠 못 이루는 한밤중에 우물물 소리를 엿듣다가 주변에서 일어나는 모든 일들에 감탄을 멈추지 못하고, 베일에 가려진 삶의 마지막 진실을 공경심 가득한 눈빛으로 바라보게 되는 이 길에서, 우리는 그 어느 때보다 더 진지하고 깊게 생각하며 인내심을 발휘하게 된다.

불면에 시달리는 많은 사람들이 이런 식으로 힘든 고비를 넘으면서 나름대로 삶의 가치를 찾게 된다. 나는 그들 모두가 가능하다면 고통 속에서도 인내하며, 마음의 상처가 깨끗이 치유되기를 원한다. 또한 채신머리없이 자신의 건강을 자만하면서 천방지축처럼 살아가는 사람들이 졸음도 느끼지 못한 채 내면의 삶이 짜증스럽게 겉으로 올라오는 그런 밤을 언젠가 한번이라도 보낼 수 있게 되기를 빌어 마지않는다.

꿈

악몽에서 깨어나
침대에 앉은 채 어둠을 바라본다.

어둠 속에서 불쑥 솟구쳐 나오는 그림들,
내 자신의 영혼이 진저리쳐지도록 무섭다.

꿈속에서 저지른 죄는
내가 한 짓일까? 다만 광기였을까?

아, 나쁜 꿈이 내게 보여 준 것은
내 방식의 쓸쓸한 진실.

심지 굳은 재판관의 입에서
내 사물의 흠집이 공개된다.

밤이 창문으로 차가운 입김을 불어 대고
회색 어둠 속에 안개처럼 아스라이 윤곽을 드러낸다.

오, 달콤하고 밝은 낮이여 어서 오라.
그리고 밤이 내게 주었던 고통을 치유해 다오!

낮이여, 그대의 햇살을 내게 비추어라.
그래서 내가 다시 일어설 수 있게 하라!

설령 고통스럽더라도 이 끔찍한 시간의 두려움에서
나를 벗어나게 해다오!

내면의 부유함

삶이 힘겨울 때에는 사람의 본성이 드러난다. 정신적 혹은 이상적인 것들에 대해 개인들이 저마다 맺고 있는 관계 또한 마찬가지다. 비록 맛볼 수도 없고 만질 수도 없지만, 외적인 삶을 익숙하게 뒷받침해 주던 것들이 사라지거나 파괴되었을 때 그것들은 비로소 진가를 드러낸다. 희귀한 경험을 하게 만드는 큰 시험에 처해서야 비로소 많은 사람들이 이상적인 것을 취하기 위해 죽음도 불사른다는 사실을 알게 되는 것이다.

스스로 형성된 자연과 달리, 문화는 벌거벗은 삶에서 종교와 예술과 철학을 뛰어 넘는 영적인 가치를 찾아야겠다는 인간의 필요성의 의해 발견되고 만들어졌다. 한이 많은 민족

계곡의 공장 Fabrik im Tal

의 민요, 숲을 떠도는 방랑객의 즐거운 기분, 조국에 대한 사랑과 정당政黨의 이상, 그 모든 것들이 인류의 정신적 자산으로 불리는 '문화'이다. 민족이 발전하며 세계사가 형성되는 동안 많은 우여곡절이 있었지만 인간의 이상적 자산은 유지, 보존, 증폭되었다. 그런 이상적 자산의 내면을 소유하고 있는 자는 절대로 파괴될 수 없는 영혼의 결합을 이룬 사람이며, 그것을 어느 누구에게도 빼앗기지 않을 사람이다.

궁핍하고 고통스러운 시기만이 진정한 우리 것이 무엇인지, 무엇이 우리를 떠나지 않고 충실하게 남아 있는지 알 수 있다. 좋은 시절을 보내고 있는 어떤 사람에게는 많은 생각을 하게 만드는 괴테의 글이나 성서의 글귀가 훌륭한 강의 자료나 좋은 음악이 될 수 있지만, 궁핍과 굶주림과 근심으로 인해 삶에 그늘이 드리워져 있을 때에는 아무것도 소용이 없다. 그런 사람은 문화가 가지고 있는 가치를 그저 즐기고 누리는 것에만 두고, 막상 어려운 시절이 닥치면 그런 가치를 잊어버리는 것이다. 그는 책이 없으면 정신세계를, 콘서트 정기권이 없으면 음악을 잃어버렸다고 생각하는 불쌍한 사람일 뿐이다. 그는 분명 좋은 시절에도 정신세계와 올바르고 참된 관계를 맺지 못했을 것이다.

정신과 문화에 관한 올바른 관계는 책을 많이 읽었으며, 아는 것이 많다고 착각하는 향락주의자가 정립할 수 있는 것이 아니기 때문이다. 향락주의자는 그저 아무 일도 하지 않는 부자가 많은 돈을 소유하고 있는 것처럼 그저 문화라는 껍데기를 가지고 있을 뿐이다. 그런 사람이 어쩌다 돈을 다 잃게 되면 가난하게 생활하면서 나름대로 잘 버티며 살아가고 있는 거지보다 더 불쌍한 사람이 되어 버린다.

문화라는 재산은 그저 돈을 내면 살 수 있고, 돈을 낸 만큼 이용할 수 있는 그런 비인간적인 것이 아니다. 위대한 예술가가 자기 자신의 한계와 싸우고 내면의 극심한 고통을 겪으면서 만들어 낸 음악이, 연주회장에서 푹신한 의자에 앉아 음악을 듣는 청중에게 쉽게 전해지리라고는 상상하기 어렵다. 마찬가지로 고난과 절박함을 이겨 내고 만들어 낸 철학자의 의미심장한 언어가, 안락의자에 편안히 앉아 게으르게 책장을 넘기며 읽는 사람에게 잘 이해가 되리라고도 생각되지 않는다.

날마다 개인적인 체험을 하면서 우리는 그 어떤 관계로 이루어진 우정이나 감정도 서로가 함께 하거나 혹은 직접 피를 흘려 사랑과 희생의 투쟁으로 쟁취한 것이 아니라면 우리에게 그것들이 온전히 남아 있지 않는다는 만고불변의 경험을 하게 된다. 사랑에 빠지는 것은 쉽지만 진정으로 누군가를 사랑한다는 것은 참으로 어렵다는 것을 우리들은 너무나 잘 알고 있다. 진정한 가치를 지닌 것들이 대개 그러하듯 사랑은 돈으로 살 수 있는 것이 아니기 때문이다. 쾌락은 돈으로 살 수 있어도 사랑은 돈으로 살 수 없다.

우리는 살아가면서 어린이는 어른이 되어야 하며, 그러기 위해서는 굴복하고 희생할 각오가 되어 있어야 하고, 자연스러운 그 법칙의 연관성을 인지하면서 그것의 보존과 관리를 위해서는 우리의 순간적 쾌락과 열망은 희생할 줄도 알아야 한다고 교육받는다. 물론 우리도 그 사실을 인지하기에 누군가의 강요가 아닌 본인의 자유 의지에 따라 사회 구조에 복종하면서 내면적인 성장을 겪는다. 그렇기 때문에 그런 것을 전혀 배우지 못한 사람들은 범죄자 취급을 받으며 우리의 인식에 뒤처지는 저능한 존재로 여겨지는 것이다.

개인이 사회를 존중하고 사회를 위해 희생할 자세가 되어 있으며 사회가 그 사람을 지지하는 것처럼, 사회는 모든 인간과 민족에게 그저 알면서 그것을 이용하고 즐기는 것에 그치는 것이 아니라 사회를 수용하고 신뢰하며 나아가는 공동의 문화를 요구한다. 우리 내면으로 그것을 인정하게 되는 순간 우리는 비로소 문화적 재산을 진정으로 공유하는 사람이 된다. 단 한번만이라도 숭고한 생각을 행동으로 옮겼거나, 어떤 사상을 위해 자신의 고집을 꺾어 본 사람은 문화를 그저 즐기기만 하는 부류에서 벗어나 어떤 상황에서도 정신적인 자산을 소중히 생각하며 그것을 자기 자신의 것으로 수용하는 사람이다.

낮 시간을 살아가면서 하늘 한 번 쳐다보지도 않고, 하루 동안 기분 좋고 생기 넘치는 생각을 해 본 적이 있는지 기억조차 나지 않는 사람처럼 불쌍한 사람도 없다. 일터로 향하면서

좋은 글귀를 읊조리거나 콧소리로 아름다운 노랫가락을 흥얼
거리는 죄수는 도처에 널린 화려한 아름다움과 달콤한 유혹
에 심신이 지쳐 있는 사람보다 마음속 깊이 아름다운 것을 간
직하고 있는 사람이다.

　　슬픔에 잠긴 채 혼자 멀리 떨어져 있다면 가끔은 아름다
운 시의 구절을 읽고, 즐거운 음악을 들으며, 수려한 풍경을
둘러보고, 당신 생애에 가장 순수하고 행복했던 시간을 떠올
려 보라! 당신이 간절한 마음을 담아 그렇게 했다면 곧 기분
좋은 시간이 찾아올 것이며, 미래는 든든하게 여겨지고, 삶은
어느 때보다도 사랑스러워 보이는 기적이 일어날 것이다!

밤의 인사

가까이 그리고 멀리 있는
불쌍한 나의 형제들.

이 땅을 살아가며
위로를 꿈꾸는 그대의 고통들.

그대들은 말없이 두 손을 모으고,
별조차 없는 텅 빈 밤
가녀린 순교자의 손을 잡은 채
고통 받으며 잠에서 깨어난다.

불쌍하고 혼돈에 휩싸인 무리들,

별도 없고 운도 없는 뱃사람,

낯설지만 그래도 나와 함께 있는 그대,

나의 인사에 응답하라!

외로운 밤

멀찌감치 떨어져서 내 인생을 바라보면 나는 그다지 행복해 보이지 않는다. 그런데 또 착각인지는 몰라도 그렇게 불행했던 것 같지도 않다. 사실 행복과 불행에 대해 묻는 것은 아무 의미도 없다. 누구나 인생을 돌아보면 즐거웠던 날보다 불행했던 날이 더 오래 기억되기 때문이다.

인간의 삶에서 피할 수 없는 것은 받아들이기 위해 의식적으로 노력하고, 선하고 악한 것을 제대로 느끼며, 겉으로 보이는 것 말고도 내면적이고 실질적이며 우연이 아닌 운명을 감당하는 것이 인생을 결정짓는 중요한 기준이라면 내 인생은 별로 불쌍하지도 나쁘지도 않았다. 사람은 사람을 외면할 수 있지만 운명은 그렇지 못하다. 오직 신만이 주관하는 외적

아그라의 교회 Kirche in Agra

인 운명이 나를 스치고 지나간다면, 달콤함이든 참담함이든 내게 주어진 시간은 나 혼자 짊어지고 책임져야 한다.

내 삶은 때로는 힘겹고 불쌍하게 채워졌지만, 다른 사람이 나를 볼 때나 가끔 내가 느끼기에도 멋있고 어려움이 없었던 것처럼 느껴진다. 인간의 삶은 어둡고 슬픈 밤과 같아서 가끔 번개라도 쳐서 잠시나마 주변의 어두움을 당당하게 물리친 것처럼 보이게 해 주지 않으면 잘 견뎌 내기가 쉽지 않은 것 같다. 아무런 위로도 되지 못하는 어두움은 우리 일상에서 반복되는 끔찍한 일일 뿐이다. 사람은 도대체 무엇을 위해 아침에 일어나 밥을 먹고 물을 마시고 하루를 보내고 다시 잠자리에 드는 것일까?

몸과 마음이 건강하고 아무 걱정거리가 없이 천진난만하게 자라나는 어린이는 그런 무미건조한 일상이 반복되더라도 아무런 고통을 받지 않는다. 깊이 생각하는 것을 두려워하지 않는 사람은 아침에 일어나서 밥을 먹고 물을 마시는 사소한 일도 즐거워하고 그것을 즐길 수 있는 마음의 여유가 있는 사람이다. 그런 사람은 특별한 다른 것을 원하지 않는다.

그렇지만 그런 당연한 것을 잃어버린 사람은 일상생활 속에서 잠깐이라도 행복을 느낄 수 있고, 삶의 의미가 무엇인지에 대한 고민 따위는 한순간도 할 수 없는 삶의 순간을 찾는데 혈안이 되어 있다. 그런 시간을 창조적인 순간이라고 말해도 좋을 것 같다. 창조주와 하나가 된 듯한 느낌을 받고, 그냥 우연히 일어난 일도 어떤 깊은 뜻이 있어서 이뤄진 일이라고 생각하기 때문이다. 마치 신비주의자가 자신이 신과 하나가 되어 있다고 생각하는 것과 같은 맥락이다. 어쩌면 그런 순간에는 다른 모든 것들을 어두워 보이게 만드는 너무나 강렬한 빛으로 인해, 모든 것이 멍에에서 풀려나면서 마술에 걸려 있는 듯 보이고 공기처럼 가벼워서 하늘에 둥둥 떠다니는 것처럼 느껴져서 삶의 다른 순간들은 너무나 힘들고 구차하며 실패한 것처럼 느껴질 수도 있다.

지금까지의 끝없는 사색과 철학적 사고가 내게 많은 것을 가르쳐 주지는 못했지만 그래도 나는 한 가지 만큼은 확실히 안다. 축복 받은 순간과 천국이 있다면 그때 만큼은 아무 것에도 방해받지 않는 온전한 기쁨의 순간이 되어야 한다는 것이다. 고통과 아픔을 통해 그러한 축복을 쟁취할 수 있다면 그때의 고통과 아픔은 도망쳐 버리고 싶은 충동을 불러일으킬 만큼 엄청나게 큰 것은 아니기 때문이다.

삶은 쾌락이며 즐겨야 하는 것이라는 인식은 나 혼자만의 생각은 아닐 것이다. 그것은 우리가 깨어 있을 때만 의식할 수 있고 높은 가치를 부여할 수 있는 상태이자 사실이다. 그렇기 때문에 나는 쾌락이나 고통의 순간을 맛볼 때 동물적인 무의식으로 가능한 한 많은 쾌락을 향유하려고 노력하기보다는 가능한 한 의식이 깨어 있는 상태로 살아가려고 애쓴다. 그렇

몬타뇰라의 집들 Haus in Montagnola

기 때문에 나는 권태로운 순간에 놓여 있을지라도 그 삶을 완전히 소진하여 다른 것에 관심을 돌리는 것으로 그 권태를 외면하는 삶은 살고 싶지 않다. 그리고 나는 선과 악에 무심하다고 할 수는 없지만 그것에 저항하려는 시도도 하지 않고 그것을 그대로 받아들일 수 있을 만큼 이미 결정된 것에는 마음이 흔들리지 않는다는 확신을 가지고 있다.

행복과 고통은 우리의 삶을 함께 지탱해 주는 것이며 우리 삶의 선체라고 알 수 있다. 고통을 잘 이겨 내는 방법을 아는 것은 인생의 절반 이상을 산 것이라는 말과 같다. 고통을 통해 힘이 솟구치며 고통이 있어야 건강도 있다. 가벼운 감기로 인해 어느 날 갑자기 푹 쓰러지는 사람은 언제나 '건강하기만' 한 사람들이며 고통받는 것을 배우지 못한 사람들이다. 고통은 사람을 부드럽게도 만들고, 강철처럼 단단하게도 만들어 준다.

한밤중에
떠나는 행군

폭풍우와 사선으로 쏟아지는 빗줄기,
새카만 벌판,
구름 그림자 넓게 드리우며
우리의 갈 길을 인도하네.

문득 환해진 골짜기,
시커먼 먹구름,
달빛 가득한 밤을 쳐다보며
무리 속에 흐르는 침묵.

영롱한 파란색 하늘 섬이 되어

아득한 별이 인사를 하고,
달빛에 비치는 구름 가장자리
은빛 강물로 물결치네.

영혼이여, 영혼이여, 준비하라!
먼 형제가 부르는 소리.
시간의 어둠 속에서
황금 계단으로 그대를 부르네.

영혼이여, 영혼이여, 신호를 받아들여라!
드넓은 광활함에 몸을 씻어라!
신이 너의 어두운 길을
환한 길로 인도하리니.

오래된 음악

　시골 외딴집의 창가로 시커먼 빗줄기가 허물어지듯 끊임없이 쏟아진다. 나는 다시 장화를 꺼내 신고 그 질펀한 길을 따라 시내로 나가고 싶지 않았다. 그렇지만 외로웠고, 긴 시간 동안 작업한 까닭에 눈이 아팠으며, 서재 곳곳에 꽂혀 있는 금장의 책들이 나에게 어려운 질문을 던지고 도덕적 책임을 요구하며 나를 쳐다보고 있는 것만 같았다. 아이들은 모두 잠이 들었고 작은 난로의 불길은 이미 수그러들었다. 결국 집을 나서기로 결심한 나는 콘서트 입장권을 챙기고 장화를 꺼내 신은 다음 강아지 목에 줄을 매달아 주고 비옷을 입은 채 더러운 진흙과 빗물이 넘치는 길을 따라 나섰다.

　공기는 상큼했지만 쓸쓸한 냄새가 났다. 키가 크고 줄기

파란 나무와 집들 Blauer Baum und Häuser

가 흰 참나무 사이로 뻗은 시커먼 들길이 이리저리 꺾이면서 이웃 마을로 이어졌다. 마부의 집에서는 불빛이 새어 나왔고, 개가 컹컹 짖기 시작하면서 사납게 울더니 점점 더 목청을 높이다가 갑자기 잠잠해졌다. 시커먼 덤불 뒤에 있는 시골집에서 피아노 소리가 들렸다. 저물녘 들판에 서서 외딴집에서 울려 퍼지는 음악 소리를 듣는 것보다 더 아름답고 가슴에 깊이 와 닿는 것은 없으리라. 따뜻하고 사랑스러운 모든 것들이 마음속에서 살포시 고개를 들었다. 고향, 등불, 조용한 방에서 어둑어둑한 저녁에 거행하는 축하 행사, 여인의 손, 집안 대대로 전해지는 유서 깊은 문화까지.

　양철 갓을 쓴 채 도시를 지키고 있는 첫 번째 가로등이 보이고, 다시 또 하나가 보이고, 지붕들이 희미하게 보이기 시작하더니 어느 집 울타리를 지나자 갑자기 환한 빛을 쏘아 대는 전철역이 나타났다. 그곳에는 긴 외투를 입고 전차를 기다리는 사람들이 있었으며 차량 안내원은 축축하게 젖어 있는 유니폼을 입고 물이 뚝뚝 떨어지는 모자를 쓴 채 사람들과 이야기를 나누고 있었다. 곧이어 차체 밑에 파란 불빛을 쏘아 대면서 환하고 따스해 보이는 넓은 창이 인상적인 전차가 덜거덕거리며 다가왔다. 사람들에 섞여 차에 오르자마자 기차는 곧 출발했다. 나는 불빛이 환한 차창 밖으로 넓고 텅 비어 있는 밤거리를 바라보았다. 앞쪽 골목 어귀에 한 여인이 우산을 쓴 채 우리가 타고 있는 전차를 기다리고 있었다. 차츰 생동감이 느껴지고, 거리가 점점 더 환해지더니 곧이어 나타난 커다란 다리 저쪽에서는 불빛에 잠겨 있는 도시와 가로등이 빛을 내뿜고 있는 것이 보였고, 다리 밑에는 강물이 어둠 속에서 뽀얀 물거품을 일구며 흘러가고 있었다.

차에서 내린 나는 뮌스터 교회로 통하는 좁은 골목길을 걸어갔다. 작은 뮌스터 광장에는 붉은 가로등이 젖은 도로 위로 차가운 불빛을 희미하게 비추었고, 어느 집 테라스에서는 밤나무가 살랑댔으며, 불그스름한 출입문 위에는 높이를 가늠하기 어려운 고딕 양식의 탑이 젖은 밤하늘 속으로 모습을 감추었다. 빗속에 잠시 멈춰 서서 피우던 담배를 버린 나는 지붕이 뾰족한 교회 안으로 들어가 모자를 벗어 손에 들었다. 옷이 젖은 채 모여 있는 사람들이 있었고, 투명한 칸막이 안에 있는 검표 직원은 내게 표를 요구했다. 옅은 빛을 뿜어내는 둥근 원형 지붕에서 내가 기대했던 성스러운 기운이 흘러나와 나를 휘감았다. 작은 전등은 기둥을 향해 멋진 빛을 쏘아 올렸는데 불빛들은 회색 돌 속으로 스며들기도 하고, 천장까지 오르기도 하면서 따스한 온기를 내뿜었다. 몇 개의 의자에 사람들이 다닥다닥 붙어 앉아 있었는데, 조금 떨어진 곳에 있는 합창단 자리는 거의 비어 있었다. 나는 최대한 까치발을 하고 살금살금 걸었는데도 불구하고 거대한 실내에는 내 발소리가 작게 울려 퍼졌다. 합창단이 앉는 어두운 자리에는 멋지게 조각한 팔걸이가 있는 육중하고 고풍스러운 나무 의자가 누군가

포르레차 풍경 Porlezza Blick

앉아 주기를 기다리고 있는 듯 덩그맣게 놓여 있었다. 내가 밑으로 내려가기 위해 살짝 발돋움을 하자 석조 건물 안에는 나무 소리가 둔탁하게 울렸다.

큼지막하고 속이 깊은 의자에 기분 좋게 앉아 프로그램을 꺼냈지만 너무 어두워서 아무것도 보이지 않았다. 기억을 되새기려고 애써 보았지만 소용없었다. 이미 작고한 프랑스의 어느 거장이 작곡한 오르간 연주라는 안내 말이 나왔다. 곧이어 이태리 출신 작곡가의 바이올린 소나타가 연주되었지만 그 곡이 정확히 누구의 것이었는지도 알 수가 없었고 심지어 베라치니Veracini, 나르디니Nardini 혹은 타르티니Tartini의 곡이었는지도 가늠하기 어려웠다. 이어서 서곡과 바흐의 푸가가 연주되자 몇몇 사람들은 내가 앉아 있는 어두운 자리로 살금살금 들어와 서로 멀찌감치 떨어진 곳에 자리를 잡고 의자에 등을 파묻은 채 음악을 들었다. 누군가 책을 떨어뜨렸고, 내 뒤에서는 어린 여자아이들이 소곤대는 소리가 들렸다. 그리고 침묵이 흘렀다.

멀리 양 옆으로 세워둔 둥근 램프 사이에 위치한 오르간은 차가운 빛을 발하고 있었고 그 앞에 위치한 강단에 한 사람이 서 있었다. 그는 잠시 손짓을 하고는 자리에 앉았고, 사람들은 기대에 찬 숨결을 가다듬었다. 나는 그곳을 쳐다보고 싶지 않아서 고개를 꺾어 천장을 올려다보며 침묵이 흐르고 있는 교회의 공기를 가슴 깊이 들이마셨다. 그리고 생각했다. 어떻게 매주 일요일이 되면 사람들이 이렇게 밝은 대낮에 이런 성스러운 공간에 빼곡하게 모여 앉아 강론을 들을 수 있는지에 대해서 말이다. 그 내용이 아무리 아름답고 지혜롭다고 하더라도 이렇게 천장이 높고 큰 교회 안에서는 그 소리마저 공허하게 들릴 것만 같았다.

오르간 소리가 높고 힘차게 울려 퍼졌다. 그 소리는 넓은 공간을 순식간에 꽉 채웠고 우리를 둘러싸며 하나의 공간을 이루었다. 그러면서 점점 커지기도 하다가 잠시 쉬기도 하고, 다른 소리가 그것을 따라가는가 싶더니 갑자기 모든 소리가 낭떠러지로 추락하는 것 같으면서도 무언가 간절히 기도를 하는 것 같기도 하고, 애써 고집을 부리는 것 같으면서도 어느샌가 다른 소리들과 조화를 이루었다.

다시 침묵이 흘렀다. 마치 천둥 번개가 내리치기 전의 고요처럼 교회 안에 고운 숨결이 훑고 지나가는 것 같았다. 곧이어 황홀한 열정에 감싸인 우렁찬 소리가 거대한 강줄기처럼 밀려들어왔고, 고함을 지르듯 높아지다가 신에게 간곡히 매달리는 것처럼 애절해졌다. 그리고는 비명 소리가 한 번 나더니 소리는 급박해지면서 점점 커지다가 이내 조용해졌다. 작품에 몰두해 있는 그 거장은 다시 한 번 목청을 돋워 신께 매달리며 하소연하고, 부르짖고, 눈물을 짓더니 다시 폭풍처럼 장엄하게 일어서다가 잠시 쉬고 조용히 물러서면서 존경과 엄숙함을 담아 신을 찬양하였다. 그 소리는 키 높은 교회 안을 조준

하며 황금 화살을 팽팽히 당기는 것 같더니 이내 소리가 울려 퍼지는 기둥들을 높이 끌어올려 자기가 그 위에 서서 쉴 수 있을 때까지 숭배하는 마음으로 거대한 돔을 만들었고 우리는 그 소리가 잠들고 나서도 한참 동안 그 소리에 감싸여 있었다.

나는 문득 우리가 우리의 삶을 너무나 사소하게 여기고, 시원찮게 살아가는 것은 아닌가 하는 생각이 들었다. 우리 가운데 어느 누가 그 거장처럼 심오한 뜻을 가지고 거대한 틀을 만들며 신에게 간청하고 감사의 표현을 하겠는가? 지금과는 다른 모습으로 살아야 할 것만 같았다. 하늘이 있는 풍경으로 더 자주 시선을 옮기고, 나무가 있는 자연으로 더 자주 발걸음을 하며, 자기 자신만을 위한 시간을 더 확보하며, 아름다움과 거대함의 비밀을 느낄 수 있도록 좀 더 가까이 다가가는 것 말이다.

다시 낮고 굵은 오르간 소리가 오랫동안 울려 퍼졌다. 바이올린 소리는 조금 덜 슬픈 목소리로 덜 머뭇거리면서 비밀스러운 성스러움을 노래했고 그 소리는 보다 높게 흘러나왔다. 마치 예쁜 어린 소녀의 발걸음처럼 상쾌하고 가벼웠다. 곡이 다시 반복하면서 변화하고 뒤틀리더니 수백 개의 고운 형상과 유희를 즐기는 아라베스크를 찾아 좁은 길에서 서로 엉켜 녹아 흐르는가 하면, 어딘가에서는 깨끗한 모습으로 멈춰 있다가 맑게 깨어난 감정을 다시 추스르며 자유롭게 흘러가며 솟아올랐다. 여기에는 커다란 고통과 비명, 심연深淵은 물

카스라노 산 Caslanoberg

론 한없는 경외심도 없었고 다만 그저 만족스럽고 유쾌한 영
혼이 주는 아름다움만 있을 뿐이었다. 그것은 우리에게 세상
이 얼마나 아름답고 신의 질서와 조화로 가득 차 있는지를 말
해주고 있었다.

　아, 우리가 살면서 그런 말을 듣기가 얼마나 힘든지! 그런
기쁨보다 우리에게 더 필요한 것이 무엇이겠는가? 굳이 주변
을 살피지 않아도 그 큰 교회에 앉아 있는 사람들의 입가에는
미소가 번지고 순수한 웃음이 감돌고 있으리라는 것을 느낄

수 있었다. 어떤 사람들은 그 오래된 음악을 약간은 촌스럽고 고리타분하다고 생각할 수도 있겠지만 그래도 미소 지으며 강줄기처럼 도도하게 흘러가는 흐름에 몸을 맡기고 있었다.

휴식 시간에 들려오는 낮은 목소리로 속삭이는 음성, 의자를 바로 잡는 경쾌한 소리가 들린다. 사람들은 즐거워하며 새로운 음악의 장을 맞이할 기대에 설레었다. 드디어 시간이 되었다. 거장 바흐가 활기에 넘치는 몸짓으로 성전에 나타나 신을 향한 감사의 마음을 담은 인사를 하고 숭배의 마음을 담은 찬양을 하였다. 곧 찬송가를 부르며 주일의 경건한 분위기를 만들어 내기 위한 예배 준비가 시작됐다. 그러나 그는 다시 연주를 시작해서 음을 잡자마자 화음을 낮게 끌어내려 선율을 만들고, 다양하게 움직이는 소리가 조화를 이루게 하고, 그것을 교회 밖으로 힘차게 내뻗어 고귀하고 완벽한 천상으로 밀어 올렸다. 마치 신이 잠을 자러 가면서 그에게 지휘봉과 외투를 건네주고 간 것 같았다. 그는 한데 뭉쳐 있는 구름을 이용해 뇌우를 일으키고 다시 햇빛이 있는 밝은 공간으로 나와서 행성과 태양 주위를 의기양양하게 거닐고, 한낮의 여유로움을 느끼며 휴식을 취하다가 다시 시간에 맞춰 서늘한 저녁 기운을 다시 끄집어냈다. 그러고는 지는 태양처럼 화려하고 장엄하게 곡을 마무리 지은 뒤, 영혼을 빛으로 가득 채운 채 아무 말도 없는 세상을 뒤로 하고 홀연히 떠났다.

나는 천장이 높은 그 공간을 조용히 가로지르고, 잠들어 있는 작은 광장을 지나, 높은 다리를 말도 없이 건너서, 가로등이 켜 있는 거리를 지나 도시를 벗어났다. 빗줄기는 힘을 다했고, 온 도시를 덮고 있는 시커먼 구름 뒤에 달빛이 조금 비치며 아름다운 밤하늘을 밝히고 있음을 느낄 수 있었다. 도시는 자취를 감췄고, 우리 집 근처 들길에 있는 참나무로부터 부드럽고 신선한 바람이 전해졌다. 나는 깊은 잠에 빠져 있는 집으로 들어갔다. 느릅나무가 창가에서 무언가를 속삭였다. 이제야 나는 다시 조용히 살고 싶어졌고, 이후로 한동안은 다시 삶의 장난감 공이 되고 싶다고 생각했다.

혼자 걷는 길

세상에는 크고 작은 길들이 너무나 많다.

그러나

도착지는 모두가 다 같다.

말을 타고 갈 수도 있고, 차로 갈 수도 있고

둘이서 아니면, 셋이서 갈 수도 있다.

그러나 마지막 한 걸음은

혼자서 가야 한다.

그러므로 아무리 어려운 일이라도

혼자서 하는 것보다

더 나은 지혜나

능력은 없다.

삶의 곡선이 서서히 위를 향해 올라간다.
입에서 콧노래가 술술 흘러나온다.
이제는 걸어가다가 예쁜 꽃을 보면 눈길도 주고,
지팡이를 이용해 장난도 치고,
그렇게 생동감 넘치게 살아간다.
다시 위기를 극복한 것이다.
앞으로도 위기는 다시 극복할 것이고,
더 자주 그렇게 될 것이다.

2부

조건 없는 행복

도시

"계속 앞으로 전진!"

어제 새로 개통한 철로에 사람과 채소, 기계와 식료품을 가득 채운 전차가 멈춰 서자 건축 기사가 소리쳤다. 초원은 노란 햇살 속에 살며시 달아오르고, 저 멀리 있는 키 높은 숲은 푸른 안개로 뒤덮였다. 낯선 분주함에 놀란 사나운 짐승과 초원의 물소들은 황량한 벌판에서 분주히 움직이는 사람들과 초록 들판에 석탄, 재와 종이, 양철로 얼룩이 생기는 것을 가만히 바라보았다.

깜짝 놀라며 깨어난 땅이 깎여 나가고, 산은 뻥뻥 소리를 내며 뚫리는가 하면, 분주히 움직이는 망치질 소리와 모루 소리가 섞여 맑게 울려 퍼진다. 양철집이 생겨나고, 다음 날은

목조 건물이 생겨난다. 날마다 새로운 집이 생기고 마침내 석조 건물도 생겨난다. 사나운 짐승과 초원의 물소들은 삶의 터전을 찾아 멀리 떠났고, 거친 초원은 부드럽고 기름지게 변했다. 첫봄을 맞자마자 땅은 푸른 열매를 맺기 시작했고, 곧 집과 가축의 우리가 생겨났으며 헛간은 우뚝 솟아올랐다. 그리고 길은 거친 광야를 가로질러 뻗어 나갔다.

바로 얼마 전까지만 해도 이웃 마을에나 가야 볼 수 있었던 것들이 들어오기 시작했다. 기차역이 생겼고, 사무실이 들어서고, 은행이 문을 열었다. 농부나 도시 사람들 할 것 없이 사방에서 사람들이 몰려왔고, 상인과 변호사가 자리를 잡았으며 성직자와 교사도 도시를 찾았다. 학교와 종교 단체가 생겼으며 신문이 발간됐다. 서쪽에서는 석유까지 발견되어 새로 생긴 도시는 모든 것이 풍요로웠다.

1년이 지났다. 수천 명의 소매치기와 도둑이 생겨났고 중개인이 등장했다. 백화점, 술집, 양복점, 선술집이 호황을 누렸고 이웃 도시와의 경쟁은 날이 갈수록 치열해졌다. 부족한 것은 하나도 없었지만 선거 유세는 거창했고 사람들은 파업을 하기 시작했다. 극장이 생겼는가 하면 음주가의 모임도 결성됐다. 프랑스의 포도주, 노르웨이의 정어리, 이태리의 소시지, 영국의 양복, 러시아의 철갑상어 알이 도시로 몰려들었다. 수준이 조금 떨어지기는 하지만 어쨌든 가수와 무용수, 음악가들도 순회 연주를 위해 도시를 찾았다.

서서히 문화도 생겨났다. 처음에는 허허벌판이었던 도시가 지금은 많은 사람들의 고향이 되어 가기 시작했다. 이웃 도시와 조금은 다른 방식으로 인사했고, 만났을 때 서로에게 눈인사를 하는 독특한 방법이 자리를 잡았다. 도시 건설에 한 몫 거들었던 남자들은 많은 사람들의 존경과 사랑을 받았으며 그들은 약간 품위 있는 듯이 행동하며 그 시선을 즐겼다. 젊은 세대들이 자라났고 그들의 눈에 비친 도시는 어느새 오래 전부터 그 모습처럼 존재해 왔던 고향으로 기억됐다. 이곳에 처음으로 망치 소리가 울려 퍼졌던 것, 처음으로 살인 사건이 일어났던 것, 처음으로 예배를 올렸던 것, 처음으로 신문을 인쇄했던 것 등이 아주 오래 전의 과거가 되고 역사가 되었다.

도시는 이웃 도시를 통치할 수 있을 만큼 성장했고, 넓은 지역을 아우르는 중심 도시가 됐다. 전에는 재가 쌓여 있고 웅덩이가 넓게 퍼져 있으며 판잣집이 즐비했던 곳에 이제는 시원스럽게 쭉쭉 뻗은 도로가 들어서고 육중함을 자랑하는 공공건물과 은행, 극장과 교회가 자리를 잡았다. 대학교나 도서관을 찾아다니는 학생들의 모습이 활기찼고 병원을 들락날락 거리는 병원차가 보였다. 정치인들은 겉에서도 표시가 나는 자동차를 타고 다녀서 늘 사람들로부터 인사를 받았고 돌과 철을 이용해 튼튼하게 지어진 스무 개의 학교에서는 해마다 화려한 잔치가 벌어졌다. 과거에 초원이었던 곳들은 농지

몬타뇰라의 공원 Park in Montagnola

와 공장과 마을로 변모했고 스무 개의 철로가 사방으로 뻗어 나갔으며 계곡까지 갈 수 있는 철도가 생기면서 산은 사람들에게 더 가까워졌다. 돈이 많은 사람들은 높은 산이나 먼 바닷가에 여름 별장을 지었다.

도시가 생긴 지 백 년이 지났고, 지진이 일어나면서 도시를 산산조각 내 버렸다. 하지만 도시는 더욱 새롭게 일어섰다. 나무로 만들었던 것들은 모두 돌로 바뀌었고, 작은 것은 더 크게, 좁은 것은 더 넓게 변했다. 나라에서 가장 큰 기차역이 지어졌고 세상에서 가장 큰 증권거래소가 자리를 잡았으며 설계사와 예술가들은 공공건물과 분수와 기념비를 만들어 도시를 더욱 젊게 장식했다. 새로운 세기를 맞이하면서 나라에서 가장 아름답고 부유하다는 명성을 얻은 도시는 유명한 관광지가 되었다. 이웃 도시에서 정치가, 설계사, 기술자, 시장들이 유명 도시의 건축물, 배수로, 행정, 설비를 배우기 위해 찾아왔다.

그 무렵, 세상에서 가장 크고 아름다운 신식 시청 건물이 지어졌다. 건축 당시 풍부한 자원을 가지고 있었고, 사람들은 도시의 명성에 자부심을 느끼고 있었기 때문에 시청 건물은 최고의 건축 기술로 지어졌으며 급속하게 발전하는 도시의 최고 명물로 자리 잡았다. 모든 것이 고급스러운 옅은 회색으로 만들어진 시청 중심부는 넓은 녹색 띠를 형성하는 공원으로 가꾸어졌고, 시청을 중심으로 길과 집들이 넓은 초원으로 멀리 퍼져 나갔다.

수백 개의 기둥으로 지어졌고, 넓은 마당을 갖추고 있으며, 도시의 형성기부터 현재까지의 모습을 보여 주는 전시장을 갖추고 있는 거대한 박물관에는 많은 사람들이 찾아와 감탄을 그치지 않았다. 그저 초원에 불과했던 자리에는 공원이 조성되어 정성스럽게 가꾼 식물과 동물들이 자리를 차지하고 있었고, 과거 힘겨운 시절에 볼 수 있던 누추한 집과 길과 거리의 모습을 재현해 놓은 전시장도 있었다. 도시에 살고 있는 젊은이들은 그곳에 와서 서실노 험한 토로가 있고 천막과 판잣집이 즐비했던 곳이 마침내 멋진 대도시로 탈바꿈하는 과정을 관람했다. 그들은 선생님의 인솔을 받으며 거친 것이 섬세한 것으로 변하고, 동물 같이 살던 사람들이 이제는 멋진 사람이 되고, 야생마 같은 삶이 교육을 받아 세련되어지고, 궁핍이 과잉이 되고, 자연에서 문화가 생겨나는 것을 보고 배웠다.

다음 세기가 되자 그 도시의 풍족함은 최고의 명성을 얻게 되었다. 그러나 부가 넘쳐 나고 명성이 가파르게 상승하던 도시에 피비린내가 진동하는 혁명이 발생했다. 민중들은 도시에서 몇 마일 떨어진 곳에 위치한 거대한 유전에 불을 붙였고 공장과 집들은 불길에 휩싸여 황폐함만 남긴 채 흔적도 없이 사라졌다. 도시는 폐허가 되었고 지난날의 활기찬 생활과 화려함을 자랑하던 건축물들을 다시 한 자리에 모으지 못한 채 그저 그 자리에서 수십 년의 세월을 묵묵히 침묵으로 보냈다.

마을과 언덕과 산 Dorf, Hügel, Berg

　그 도시가 힘겨운 시간을 보내는 동안 바다 건너편에 있
던 먼 도시가 갑자기 부흥하면서 싱싱한 과일을 비롯해 철과
은, 휘황찬란한 보석들까지 마구 쏟아 내기 시작했다. 새로운
땅은 옛 도시의 소망과 노력과 힘을 끌어들였고 그렇게 도시
들이 급속히 발전하면서 땅에서는 숲이 사라지고 폭포는 자
취를 감췄다.

　아름다웠던 도시는 서서히 초라해지기 시작했다. 이제
그곳은 더 이상 세상의 심장이나 뇌가 아니었으며 상권과 증
권 거래의 중심지도 아니었다. 아직 그곳에 살고 있는 사람들

은 그저 목숨을 연명하게 된 것에 만족해야 했고, 새로운 시대의 발전에는 함께 하지 못했다. 멀리 있는 새로운 세상으로 미처 생활의 터를 옮기지 못한 사람들은 점점 무기력해졌고 그들은 이제 집을 짓거나 땅을 일구거나 돈을 버는 일을 더 이상 하지 않았다.

다른 한편으로 이제는 유서 깊은 도시로 남은 그곳에서 정신적 삶이 싹을 틔우기 시작했다. 모든 것이 멈추어 있는 것처럼 보이는 그 도시에 학자와 예술가들이 드나들기 시작했다. 과거 허허벌판이었던 곳에 도시를 만들었던 사람들의 후손들은 조용하지만 여유 있는 나날들을 보내면서 옛날에 화사하고 화려하게 피어났던 시절을 회상하였고, 마치 영웅 같았던 오래전 시절의 아득한 잔상을 떠올렸으며, 낡은 궁전에서 삶에 지친 사람들의 조용한 꿈을 부드러운 시구로 노래하였다.

그것으로 도시는 다시 한 번 세상에 이름을 떨치기 시작했다. 밖에서는 여러 민족들이 전투를 벌이거나 큰일을 하느라 분주했지만 이곳에 사는 사람들은 마치 외톨이처럼 보이기는 해도 이미 사라져 버린 시간의 화려했던 모습을 어렴풋이 기억하며 평화를 즐기고 있었다. 조용한 거리, 꽃망울을 머금고 있는 나무들, 이제는 아무 소리도 나지 않는 광장, 꿈꾸는 듯 존재하는 거대한 건축물과 좁다란 길이 있었고 이끼가 낀 분수대에서는 조용한 음악처럼 물이 흘러 넘쳤다.

새로운 세상에서는 존경스럽고 사랑스럽게 느껴지는 아

주 먼 옛날의 도시가 시인의 칭송을 받았고, 사랑하는 연인들이 즐겨 찾는 곳이 되었다. 그러나 인간은 다른 도시로 점점 더 빠르게 옮겨 가면서 삶을 유지했다. 그 도시에 살았던 오래된 가문의 후손은 대가 끊기거나 흔적도 없이 사라져 갔다. 정신적인 부흥을 누렸던 시기도 이미 오래 전의 이야기가 되었고, 이제는 그저 흔적만 남았을 뿐이었다. 이웃에 있던 도시도 이미 오래 전에 사라져 폐허만 남게 되었으며 이제는 외국에서 온 화가나 방문객들의 발길만 있을 뿐 이제는 집시나 범죄자들의 은신처가 되었다.

한동안 도시를 괴롭히지 않았던 지진이 다시 일어났다. 물길이 바뀌었고 황폐해진 땅의 일부는 수렁으로 변해 버렸으며 어떤 곳은 가뭄에 시달렸다. 오래된 석조 다리와 시골집들이 남아 있던 산에서는 오래된 숲이 서서히 모습을 감추어 갔다. 광활했던 땅은 황폐해졌고 초록의 풀밭은 조금씩 사라지더니 이제는 여기저기 질퍽한 수렁으로 변해 버렸다.

결국 그 도시에는 사람들이 살지 않게 되었다. 다만, 하룻밤 날 곳이 필요한 뜨내기들만이 무너져 가는 궁전을 기웃거렸고, 정원과 도로가 있던 곳에는 빼빼 마른 염소가 풀을 뜯어먹었다. 마지막까지 남아 있던 생명들도 끝내 병이 들거나 어리석은 짓으로 목숨을 잃었고, 온 도시는 텅 빈 채 깊은 수렁에 빠져들었다.

한때는 그 시대의 자랑이었던 옛날 시청 건물의 잔해는 여전히 육중한 모습을 그대로 드러냈다. 이미 오래전에 황폐해지고 문화도 사라진 이웃 민족의 수많은 신화에 그곳이 배경으로 등장했고 세계의 각 나라의 언어가 그것을 노래했다. 어린 아이들이 즐겨 듣는 무서운 이야기나 슬픈 목동의 노래에는 한때 번영했던 도시가 자주 등장하고, 폐허가 되어 버린 곳에는 모험가들이 찾아와 위험한 여행을 했으며, 먼 나라의 학생들은 그곳의 비밀에 대해 호기심 어린 눈길로 열변을 토했다.

금으로 만든 문이 있었고, 보석이 가득한 묘가 있었다는 소문이 들려왔다. 그곳에서 살아가는 유목민의 후손들은 수천 년의 역사를 지닌 마법을 그대로 보존하고 있다는 소문도 있다. 그러나 숲은 산에서 내려와 땅으로, 호수로, 강으로 점점 가까이 다가갔고, 시간이 차츰 지나면서 옛날 성벽의 잔해와 궁전과 신전, 박물관을 뒤덮어 갔으며, 여우와 너구리, 늑대, 곰들만이 그곳에 남게 되었다.

돌 하나조차 남지 않게 된 곳에 자리한 완전히 무너진 궁전 옆에 아주 어린 소나무 하나가 서 있었다. 그것은 1년 전만 해도 무럭무럭 자라나 장차 숲을 만들 수 있을 것처럼 보였었다. 그런데 이제는 넓은 들판에 자라나는 다른 어린 나무들을 볼 수 있을 정도로 야위어 있었다.

나뭇가지에 앉아 있던 딱따구리가 "이제 앞으로 전진!"이라고 외치며 점점 모습을 갖추어 나가는 숲을 쳐다보았다. 땅이 초록색으로 점점 더 윤기를 되찾아 가고 있었다.

관계

오래 전에 사라진 어느 민족의 노래에서
우리의 가슴을 울리는 소리를 가끔 만날 수 있다.
우리는 감격에 겨워 가슴에 약간의 통증을 느끼며
그곳이 우리의 고향이 아니었는지 알아보려고 한다.

우리의 심장 박동도 그렇게 움직인다.
우리의 잠과 깨어남이
태양과 별의 움직임과 조화를 이루는
세상의 심장에 단단하게 묶여 있다.

탁한 강물의 거친 소망과

열에 들뜬 우리의 천방지축 꿈이
아직 한 번도 쉬지 못한 태초의 영혼에 잠겨 있다.

그렇게 우리는 손에 횃불을 든 채
태고의 불길을 먹고 자라면서
영원히 새로운 태양을 향하여 걷는다.

마돈나 돈제로의 화랑 Kreuzgang zur Madonna d'Ongero

당신은
정말 행복한가

어느 날 문득 '나는 정말 행복한가?'라는 질문이 내 마음 속에 비눗방울처럼 살포시 떠올랐다.

당연히 나는 행복하다. 그런데 가만히 생각해 보면 사실은 그렇지 않은 것 같기도 하다. 아니, 어떻게 보면 행복하지 않은 것도 같다. 곰곰이 생각해 보면 행복은 우리가 논할 수 있는 것이 아니라는 생각도 든다. 행복은 아무것도 아니다. 그저 하나의 단어일 뿐이며 그 안에는 어떤 의미도 없다. 그저 그것은 다른 것에 의해 영향을 받는 것이다.

행복에 대해서 이렇게 깊게 생각하는 동안 질문이 바뀌었고 문득 궁금해졌다. '이때까지 지내 오면서 나는 가장 즐거웠던 순간이 언제였을까?' 가장 즐거웠던 날! 웃음이 절로 나온다. 기분이 좋고, 어느 때보다 순수하고 고귀한 순간들이 차곡차곡 쌓여 있는 내 기억 속에는 열 개, 백 개, 아니 그보다 훨씬 더 많은 것들이 나름대로 아름답고, 그 어떤 것과도 비교할 수 없는 즐거움으로 가득 차 있다.

수많은 기억들이 끝없이 떠올랐다. 얼마나 많은 햇살이 내 몸을 따뜻하게 데워 주고, 얼마나 많은 강물들이 내 몸을 식혀 주고, 얼마나 많은 길들이 나를 인도해 주고, 얼마나 많은 시냇물이 내 곁을 흘러갔던가! 나는 파란 하늘을 얼마나 자주 올려다보았고, 도저히 잊을 수 없을 만큼 얼마나 생동감이 넘쳤으며, 사람들의 사랑스러운 눈망울을 얼마나 자주 보아 왔던가! 또 얼마나 많은 동물들을 사랑해 왔었나! 그런 순간들을 되새겨 보면 그것들은 다른 어느 순간보다 아름다웠다. 물론, 찻잔을 서서히 비우고, 음악에 귀를 기울이며, 아름다운 추억을 회상하는 지금 이 순간도 나쁘다고 말할 수는 없다.

정말 그렇다! 나는 계속 꿈을 꾼다. 아, 저 기억의 바다에서 다른 그림들이 솟구친다. 고통의 시간, 슬픔의 나날, 부끄러움과 후회로 얼룩진 기억, 실패를 경험한 순간, 죽음을 느꼈던 공포의 기억들이다. 첫사랑의 아픔에 고통스러워 몸부림치던 날도 생각난다. 어느 날 누군가 내게 찾아와 고향에 계신 어머니께서 임종하셨다는 슬픈 소식을 전해 주던 날, 젊은 시절의 절친한 친구가 나를 혹독하게 비판하던 밤, 열정 어린 작업으로 작품들은 많아졌지만 빵을 살 돈이 없어 난감해 하던 청춘, 사랑하는 친구들이 고통스러워하고 절망하는 것을 그저 옆에서 바라보기만 할 뿐 도와주지도 못하고 위로하지도 못한 채 고통을 줄일 수 없었던 수많은 시간들.

돈이 아주 많고, 나보다 권력을 많이 가지고 있던 사람들이 나를 업신여기는 듯한 태도로 대할 때, 그저 움켜쥔 주먹을 숨기며 감정을 억눌러야 했던 순간들, 어느 모임에 참석했을 때 낡은 양복의 꿰맨 부분을 애써 손으로 가리려고 했던 일, 잠 못 이루던 긴긴 밤을 견뎌야 했던 기억과 마음속에 슬픔이 가득 차 있는 것을 감추려 애써 장난을 치며 지나간 시간들, 절망적인 사랑과 어느 것도 믿을 수 없었던 참담한 순간들, 그리고 진행하던 일이 잘되지 않아 스스로를 책망해야만 했던 일, 우상을 잃어버리거나 어떤 시도가 실패로 돌아갔던 일.

기억하자면 끝이 없다. 그러나 그 수많은 순간들 중에서 어떤 것은 기억 속에서 지워 버리고, 어떤 것은 잊어버리고, 어떤 것은 새롭게 되새겨야 하나? 그 어떤 것도 그렇게 할 수 없다. 아무리 쓸쓸한 경험이라도 안 된다.

나는 꿈을 꾸듯 내게 찾아왔던 수많은 기억의 순간들을 떠올려 본다. 그렇게 많은 낮, 그렇게 많은 저녁, 그렇게 많은 시간들, 그렇게 많은 밤. 그 모든 것들은 내 인생에 10분의 1도 채우지 못한다. 다른 것들은 다 어디로 갔을까? 수천의 낮, 수천의 저녁, 수백만의 순간들은 내게 아무런 흔적도 남기지 않

몬타뇰라의 풍경 Blick in Montagnola

고, 다시 기억으로 돌아오지 않은 채 어디에 있는 것일까? 모두 다 가 버렸다. 다시는 돌아오지 않을 길로.

오늘 저녁은 어떠한가? 이 시간은 어디로 가게 될까? 언젠가 다시 내 기억 속에서 깨어나 지나간 순간을 다시 생생하게 보여 줄 수 있을까? 그럴 것 같지 않다. 내일, 아니 모레쯤이면 잊히고 기억 속에 사장되어 다시는 돌아오지 않을 것 같다. 오늘 내가 조금이라도 앞으로 나가려는 노력을 하지 않는다면, 내일이나 모레쯤은 지금 내가 있는 오늘의 이 순간에도 기억하지 못하고 지나갔던 숱한 날들처럼 심연을 알 수 없는 나락 속으로 사라져 버릴 것이다.

짝사랑의 뜨거운 열정에 빠져서 어느 악마의 손길이 닿은 운명에 눈이 멀고, 온몸은 불덩이가 된 채 불같이 일어나는 폭풍 같은 삶을 한 번도 살아 보지 않은 사람은 모든 예술 중에서 가장 으뜸인 기억의 예술을 연습하는 것이 좋다. 향유, 즉 쾌락을 즐긴다는 것은 두려움이라는 감정을 찌꺼기 하나 남기지 않고 제거한 후 남은 달콤함을 온전히 누리는 것이다. 그리고 기억한다는 것은 한 번 향유했던 쾌락을 아득한 먼 곳에 보내 버리는 것이 아니라 항상 새롭게 되새기는 것을 말한다. 우리는 누구나 무의식중에 그런 과정을 되풀이한다. 누구나 유년기를 떠올리면서 그 시절 겪었던 자질구레한 것들을 모두 기억하는 것이 아니라 말로는 도저히 표현할 수 없는 아름다운 추억으로 물든 파란 하늘에 펼쳐 놓은 환상적인 기억만 떠올린다.

누구에게나 그렇듯이 이미 지나가 버린 날들의 쾌락을 되새기는 것은 그 맛을 다시 곱씹는 일일뿐만 아니라 행복의 모습, 그리움의 기억, 천상의 모습으로 승격한 추억들을 항상 새롭게 즐길 수 있도록 가르쳐 준다. 삶에 대한 놀라운 열정과 따스한 온기, 그리고 눈부신 햇살이 그 짧은 순간에 얼마나 많이 표현되는지 알고 있는 사람이라면 새로운 날에 주어지는 선물을 가능한 한 순수하게 받아들이려고 할 것이다. 그런 사람이라면 아픔도 담담히 받아들일 수 있다. 아무리 큰 시련이 닥쳐도 그것을 진지하게 받아들이려 할 것이다. 암울했던 날에 대한 기억도 아름답고 성스러운 기억의 한 토막이 되리라는 것을 누구보다 잘 알고 있기 때문이다.

행복

행복을 찾아 헤매는 동안
그대는 행복해질 준비가 되어 있지 않다.
모든 것은 당신이
가장 소중하게 생각하는 것이 될 수 있다.

이미 잃어버린 것을 안타까워하는 동안
당신은 목표를 갖고 쉼 없이 달리지만
무엇이 평화인지 알지 못한다.

모든 소원을 접어 두고
어떤 목표나 열망을 알지 못하고

행복에 대해 더 이상 말하지 않으면

일어났던 수많은 일들이
당신의 마음을 괴롭히지 않고,
당신의 영혼은 쉴 수 있게 되리라.

백일홍 Zinnienstrauß

유일한 능력

인생은 덧없고, 잔인하고, 어리석지만 그럼에도 불구하고 화려하다. 그것은 인간과 인간의 영혼을 비웃지도 않는다. 그 렇지만 그것은 인간을 지렁이 정도로밖에 생각하지 않는다. 하필이면 인간이 자연의 잔혹한 장난감이었다고 말하는 것은 인간이 자기 자신을 너무 중요한 존재라고 생각하는 착각에 서 비롯된 것이다.

우리 인간의 삶이 새나 개미의 삶보다 더 힘든 것은 아니 다. 오히려 우리가 더 편하고 수월하게 살아간다는 것을 알아 야 한다. 삶의 잔혹함과 죽음을 회피할 수 없음을 불평불만하 지 말고 그런 절망감을 몸으로 느끼면서 받아들여야 한다. 자 연의 무시무시함과 무질서함을 자기 마음속에 받아들일 수 있어야 비로소 그런 거친 자연의 모습에 맞설 수 있고, 그곳에서 의미를 찾으려고 애써 노력할 수 있다. 그것이 인간이 할 수 있는 능력 가운데 제일 뛰어난 것이며, 그것이 인간이 할 수 있는 유일한 일이다. 그것 말고 다른 것들은 동물들이 더 잘한다.

한 편의 일기

지난밤에 꿈을 많이 꾼 것 같은데 머릿속에 남아 있는 것은 아무것도 없다. 다만 꿈속에서 내가 보았던 것들이 두 갈래 방향의 길로 서로 나뉘어져 뻗어 나갔다는 것만은 기억난다.

하나는 내가 받아들이기 어려운 고통에 몸부림치며 너무나 바쁘게 움직이는 꿈이었고, 다른 하나는 그런 고통을 완벽하게 이해하려는 갈망과 성스러운 믿음으로 감싸며 극복하려는 노력으로 가득 찬 꿈이었다. 길은 내가 생각하느라 피곤에 지칠 때까지 고통과 자각 사이, 불평과 내면의 노력 사이로 뻗어 나갔다. 머릿속에서 이뤄지는 소망과 상상은 가파른 벽에 부딪히면서 서서히 육체의 감정으로 변신한다. 지나칠 정도로 섬세한 표현, 그리고 슬픔과 고통과 무기력함에 대한 세심한

나무와 집과 산 Bäume, Häuser, Berg

묘사가 그림이나 글에 고스란히 담겨 있고, 그와 동시에 내 영혼은 정신적으로 더 많은 에너지를 쏟으며 동요한다. 하지만 이 단계에서 내쉬는 한숨은 다음 단계로 용감하게 한 발 나설 수 있도록 도와주는 용기가 된다. 그렇기에 지금 느끼는 괴로운 감정은 다음 단계에서 느끼는 여러 고민과 충동적 감정, 그리고 조급한 마음으로부터 해답을 찾을 수 있도록 도와주는 역할을 하는 것이다.

자기 마음속에 개울과 계곡을 품고 그 소리에 귀 기울이는 것은 가능한 한 충실하고 정확하게 자신의 영혼이 움직이는 모습을 보는 사람이라야 그 의미를 알 수 있게 된다. 그것은 말을 통해 도달할 수 있는 곳보다 훨씬 더 멀고 깊은 곳에 있다. 그 경험과 느낌을 글로 표현하려고 시도하는 사람은 지극히 개인적이며 섬세하고 까다로운 감정을 잠시 배웠던 외국어로 표현하려 했을 때 느꼈던 막막함을 다시 한 번 느끼게 될 것이다.

내가 경험한 것은 이런 것이었다. 힘든 고통을 겪었을 때, 한편으로는 고통을 이기기 위해 의식적으로 노력하기도 하다가 다른 한편으로는 운명에 충실히 따르려는 마음을 갖기도 했었다. 첫 번째 목소리는 내 의식 세계를 판단했으며 두 번째 목소리는 마음속에서 들려오는 소리를 더 조용하고 깊이 있게 긴 여운을 남기면서 다른 상황을 이야기했다.

내가 잠을 자면서도 분명히 들었지만 첫 번째 소리는 시간이 지나면 점점 더 아득하게 멀어지면서 고통을 제대로 느낄 수 없게 했으며 완전해지고자 노력하는 정신적인 에너지의 노력을 제대로 평가해 주지 않았다. 옳거나 혹은 그렇지 않은 모든 것을 나누어 줄 뿐이다. 하지만 두 번째 목소리는 고통의 달콤함을 노래했으며 그것의 필수불가결함을 이야기했다. 그것은 고통을 극복하고 없애는 것이 아니라 오히려 그 아픔이 영혼에 더 깊이 각인되기를 원한다.

첫 번째 목소리가 하는 이야기는 대충 이 정도로 설명할 수 있다. "고통은 고통 그 자체로 머물면서 절대 우리를 떠나지 않는다. 그런데 그것은 아픔과 괴로움을 주지만 극복할 힘도 준다. 그렇게 얻은 힘은 고통을 보살피고, 아픔을 연습하며, 새로운 힘을 얻는다. 그 과정이 어렵고 괴롭다 하여 영원히 고통에 빠져 있고자 한다면 정말 어리석은 바보다."

그러나 두 번째 목소리는 이렇게 말한다. "네가 두려운 마음을 가지고 있는 것을 보는 것이 나는 고통스럽다. 고통은 네가 막아 내려고만 하기 때문에 아픔을 주고 네가 그것으로부터 도망치려고만 하기 때문에 너를 쫓아가는 것이다. 그러니 도망치지 말고, 변명하지 말며, 무서워하지 말아야 한다. 오히려 그것을 사랑하라. 너는 네 스스로 모든 문제를 해결할 수 있으며, 네 마음속에 구원과 행복이라는 마법 같은 단 하나의 힘이 존재하고 있으며, 그것의 이름이 바로 사랑이라는 것도 알고 있다. 그러니 고통을 사랑하라. 거부하지 말고 도망가지 말라! 마지못해 억지로 받아들이지 말고 그것의 은밀한 내면에 있는 달콤함을 맛보아라. 아픔을 주는 것은 다른 것에 있지 않다. 그것을 거부하는 마음이 네게 아픔을 줄 뿐이다. 네가 그것과 함께 한다면 고통은 고통이 아니며 죽음은 죽음이 아니다. 네가 귀를 기울여 그들이 내는 소리를 잘 들어 보아라. 그것은 훌륭한 음악임을 알게 된다. 그동안 너는 그것에 귀를 기울이지 않았고, 그것과 다른 독특한 소리에 얽매여 그들이 내는 소리를 버리려고만 했다. 하지만 독특한 소리들은 고통의 음악과 어울리지 않는다. 내 말을 들어라. 내 말을 잘 듣고 기억하라. 고통은 아무것도 아니다. 오히려 그것은 광기에 불과하다. 오직 너 혼자만 그 아픔을 만들어 내고 네 스스로 너에게 아픔을 주는 것이다."

고통과 고통에서 벗어나려는 의지. 그렇게 두 가지가 팽팽히 맞서 있고 그 두 갈래로 뻗어 나가는 목소리는 계속해서 서로 목소리를 높이며 언쟁을 일삼는다. 의식에 가까운 첫 번째 목소리는 많은 힘을 가지고 있다. 그것은 뿌옇기만 한 무의식의 세계에 분명한 목소리를 낸다. 권위가 있으며 지도자 모세와 예언자, 아버지와 어머니, 학교와 교회, 칸트와 피히테가 존재하는 소리이다.

두 번째 목소리는 멀리서 아득하게 들려오기 때문에 무의식의 세계에서 나는 소리 같기도 하며 고통 그 자체에서 울려 퍼지는 소리 같기도 하다. 그것은 질펀한 혼돈에서 건조한 정신의 섬을 만들어 내지도 못하고, 어둠 속에서 빛을 만들어 내지도 못한다. 그것 자체가 어둠이며 아득한 옛날의 땅이 가진 모습 그대로를 가지고 있다.

그 두 개의 목소리가 어떻게 의식을 확장해 나가는지 글로 표현하는 것은 불가능하다. 각자 처음에는 그것들이 자기 몫으로 나뉘어지며 그 밑에 갈라지는 또 다른 목소리도 그것들끼리 나뉘어진다. 그런데 서로 다른 두 개의 합창이 한꺼번에 울려 퍼지는 것처럼 하나의 소리는 밝은데 다른 하나는 어둡고, 하나의 소리는 높은데 다른 하나는 낮고, 하나의 소리는 남성스러운데 하나는 여성스러운 소리를 내며 대비된다. 각각의 소리가 모두 혼돈의 동요와 의지의 흔들림을 담고 있으며, 밤과 낮을 포함하고, 남성적인 것과 여성적인 것을 새롭고 독특한 방식으로 뒤섞어 놓는다. 어디에서든 각각의 소리가 서로 상반되는 특징을 가지고 있고, 그것의 분신도 그런 것처럼 보인다. 혼란스럽게 느껴지는 여성적인 소리가 점점 남성적인 저음을 닮아 가고, 드문 일이기는 하지만 그 반대의 현상도 일어난다. 모든 것이 다 한데 어우러진 채 각자 다른 표현 방식들을 못내 부러워한다.

그렇게 해서 세상에는 수백만 가지의 방법들이 섞여 있는 것처럼 보이는 복합음複合音의 형상이 만들어진다. 그것들은 모두 함께 균형을 이룬다. 온 세상은 꿈꾸고 있는 내 영혼에 약한 통증으로 존재하는 것 같다. 그곳에는 힘과 동요가 있지만 서로 부대끼기도 하고 서로 아귀가 맞지 않아 어색함을 느끼기도 한다. 세상은 아름답고 정열적으로 돌아가지만 그 축은 흔들리며 검은 연기를 뿜어낸다.

이미 말했듯이 나는 내가 무슨 꿈을 꾸었는지 기억하지 못한다. 악보는 사라졌으며 소리의 종류와 목소리만 아직도 내 귀에 남아 있다. 나는 고통스러운 것을 많이 경험했고, 새로운 아픔을 느낄 때마다 그것에서 해방되고 탈출하고 싶다는 간절한 바람을 느꼈고 그렇게 해서 끊이지 않는 영원한 의식의 흐름이 생겨났다. 충동과 감수성, 형성과 인내, 행동과 고통이 끝도 없이 계속되었다.

나는 마음이 편하지 않았다. 모든 것이 쾌락보다는 아픔으로 느껴졌고, 꿈에서 보낸 시간이 육체의 느낌으로 표현될 때는 두통, 현기증, 답답함으로 너무나 고통스러웠다.

나에게 거부감을 준 것은 다양한 소리였다. 새로운 경험을 하고 새로운 고통을 느낄 때마다 새로운 목소리로 각각 다른 대답이 들려왔고, 반항을 할 때마다 내 마음속에 조바심이 생겨났다. 이상적인 모습들이 머릿속을 채웠고, 여러 사람들 얼굴 중에 《카라마조프가의 형제들》에 나오는 스타레츠 소시마[7]가 우상처럼 모습을 드러냈다. 그러나 어머니의 목소리 같은 태고의 소리가 늘 새롭게 바뀌면서 계속 반항의 몸짓을 내비쳤다. 아니, 반항을 했다기보다는 귀중한 물건이 내게서 빠져나가거나 조용히 내 머리를 흔드는 것처럼 느껴졌다.

"어떤 우상도 생각하지 말라!"는 소리가 들리는 것 같았다. "우상은 존재하지 않는 것이고, 네가 만들어 낸 것일 뿐이다. 우상을 쫓는 것은 쓸데없는 짓이다. 올바른 것은 저절로 나타난다. 그냥 고통을 달게 받아라. 그것을 피하려고 하면 할수록 그 맛은 더욱 쓰게 느껴질 것이다. 비겁한 사람은 운명을 독약이나 약물처럼 들이킨다. 그러나 너는 그것을 와인이나 맥주처럼 마셔야 한다. 그렇게 하면 운명이 달콤하게 느껴질 것이다."

그러나 그 맛은 너무나 썼고, 세상은 밤새도록 삐걱거리는 소리를 내고 연기를 내뿜으며 도는 것 같았다. 여기에는 눈을 감은 자연이 있고, 저기에는 모든 것을 보는 영혼이 있다. 그러나 모든 것을 다 볼 수 있는 영혼은 계속해서 아무것도 보지 못하고, 생명이 없고, 황량한 것으로 탈바꿈한다. 도덕, 철학, 규범 앞에서 눈감은 자연은 자꾸만 다시 한쪽 눈을 뜬 채 부끄럽게 밖을 내다본다. 그 어떤 것도 그것의 이름에 걸맞은 모습으로 남아 있지 않다. 그 어떤 이름도 사물에 어울리지 않는다. 모든 것이 이름일 뿐이고, 그냥 사물일 뿐이었으며 모든 것 뒤에 생명의 성스러움과 비밀이 계속 새롭게, 더 멀게, 더 두려운 반사경 속으로 사라져 갔다. 그래서 나는 축이 존재하는 한 연기를 내뿜고 계속 돌아가는 내 세계를 좋아한다.

잠에서 깨어났을 때 밤은 거의 지나갔다. 나는 시계를 보았다. 잠은 깼지만 눈을 조금만 뜬 채로 처마 끝과 의자와 내

숲 속의 오두막 Hütte im Wald

옷가지 위에 어렴풋하게 비치는 아침 여명을 보았다. 소매가 약간 뒤틀린 옷이 공상의 나래를 펼치게 만들었다. 아침 여명보다 더 흥분되고 설레게 하는 것은 이 세상에 아무것도 없다. 어둠 속에 살짝 모습을 드러낸 흰색, 회색과 검은색 바탕 위에 생기는 균열. 그것이 지금 내가 보는 풍경이다.

그러나 나는 축 늘어진 흰색 얼룩이 무희처럼 춤추는 모습, 뿌옇게 일어난 은하수, 눈에 덮인 산꼭대기의 모습 등을 애써 상상하려고 하지 않았다. 나는 자리에 그대로 누워 꿈을 되새겼다. 내 의식은 내가 지금 깨어 있으며, 아침이 밝아 왔다는 것, 두통이 있다는 것과 다시 한 번 잠이 들었으면 좋겠다는 바람을 가지고 있다는 것만 확인해 주었다. 빗방울이 지붕과 창가에 후드득 떨어졌다. 슬픔과 통증과 냉정한 마음이 내 몸 안에 조금씩 되살아나고, 나는 간절한 마음으로 눈을 감고, 꿈길과 잠 속으로 기어 들어갔다.

그러나 끝내 잠은 다시 찾아오지 않았다. 나는 피곤함이나 아픔도 느끼지 못한 채 비몽사몽간에 어정쩡한 상태로 있었다. 그러자 꿈을 꾸는 것 같기도 하고, 꾸지 않는 것 같기도 하고, 생각을 하는 것 같기도 하고, 하지 않는 것 같기도 하면서 헛것이 보이는 것 같고, 무의식 세계에 언뜻 비친 빛줄기를 본 것 같은 착각마저 들었다.

약간 잠이 덜 깬 채 나는 갑자기 성인聖人이 된 것 같은 느낌을 받았다. 내가 그의 사고로 생각하고, 그의 감정으로 느꼈다. 마치 그가 내게서 떨어져 나간 분신처럼 느껴졌다. 내게서 떨어져 나가기는 했지만 나는 그의 속을 훤히 꿰뚫어 볼 수 있었다. 마치 그를 보고, 그의 목소리를 듣고, 그의 생각을 읽고 있는 것 같았다. 내가 그에게 이야기를 하는 것 같기도 하고, 동시에 그가 내게 자기의 이야기를 들려주는 것 같기도 했다. 혹은 내가 나 자신이라고 느끼는 모습으로 그가 나보다 앞서 살아가는 것 같다는 생각도 들었다.

내가 성인이든 아니든 그것은 별로 중요하지 않다. 그는 큰 고통을 받고 있었다. 그러나 나는 그가 나와 상관이 없는 사람인 것처럼 그것을 묘사할 수는 없다. 내 자신이 그것을 경험했고 느꼈기 때문이다. 나는 내 자식이 이미 죽었거나, 혹은 내 눈앞에서 죽어 가고 있는 모습을 보는 것처럼 그가 사랑스러운 무언가를 잃은 고통에 힘겨워하는 것을 분명히 느낄 수 있었다. 그들은 눈과 이마가 있고 작은 손과 목소리가 있는 진정한 내 육신의 자식일 뿐만 아니라 내 영혼의 자식들이었다. 나는 그들이 내게서 떨어져 나가 생명을 잃어 가는 것을 지켜보았다.

그들은 내가 제일 좋아하는 상념이고 시였다. 그것은 나의 예술이었고, 사고였으며, 나의 시선이었고, 삶이었다. 어떤 누구도 내게서 그것보다 더 많은 것을 빼앗아 갈 수는 없었다. 사랑스러운 눈을 감게 만들고, 나를 더 이상 알지 못하게 하고, 부드러운 입술로 호흡하지 못하게 만드는 것보다 더 힘들고, 더 잔인한 것을 나는 감당할 수 없었다.

그런 경험을 나, 혹은 그 성인이 함께했다. 그는 눈을 감고 미소 지었다. 옅은 미소에는 나약함과 사랑, 그리고 쉽게 상처받는 존재를 연상시키는 고통이 배어 있었다.

그러나 그 옅은 고통의 미소는 아름답고 조용했다. 그것은 변화하지 않은 채 얼굴에 그대로 남았다. 가을에 마지막 남은 낙엽을 떨구어 낸 나무의 모습이 그랬을 것이다. 얼음과 불길 속에 이미 오래 전에 존재하던 삶이 다 감추어진 태고의 땅이 그렇게 보일 것이다. 그것은 고통이고 아픔이며 마음 깊은 슬픔이었다. 그러나 거역이나 반발은 아니었다. 그것은 동의, 희생, 경청이었고, 동시에 어떤 식으로든 관여하며, 함께하려는 마음이었다. 성인은 자신을 스스로 희생했고, 희생을 찬양했다. 그는 고통스러워했지만 미소를 잃지 않았다. 그는 스스로를 강하게 만들려고 노력하지는 않지만 영생하기 때문에 생명을 가지고 있었다. 그는 기쁨과 사랑을 받아들였으며 그것을 나눠 주었다가 다시 돌려받았다. 그러나 낯선 사람에게 그렇게 한 것이 아니라 자기 자신의 운명에게 그렇게 했다. 생각 속에 어떤 사고가 잠기듯, 혹은 어떤 몸짓이 고요함 속에 스러지듯 성인에게는 그의 지식들과 그가 소유한 사랑이 아픔 속에 사라졌다. 사라지기는 하지만 자기 자신의 내면 속에 감추어졌다. 사라졌지만 죽지는 않았고, 변신했지만 폐기되지는 않았다. 그렇게 그들은 내면으로 숨어들었다. 내면과 관용의 세계로. 그들은 생명이었고 비유였다. 모든 비유가 그렇듯이 또 다른 비유로 새로운 옷을 입기 위해 고통 속에 사라진 것이다.

---

7) 도스토옙스키의 《카라마조프가의 형제들》에 나오는 수도원의 장로로, 표트르의 셋째 아들 알료샤에게 영향을 주는 인물이다.

내게는
둘 다 같은 이야기

청년 시절에 나는
쾌락을 찾아다녔다.
갈증에 목말라하며
고통과 아픔을 잊기 위해.

아픔과 쾌락은 이제 내게
하나가 되어 스며들었다.
그것이 나를 편안하게 하든, 아프게 하든
둘 다 하나가 되어 버렸다.

지옥의 비명으로 신이 나를 부르든

천국의 태양으로 나를 인도하든
내가 그의 손길을 느끼는 한
내게는 둘 다 같은 것이 되었다.

예술가와 심리학자

　　프로이트의 '심리학'이 가까운 정신과 의사들뿐만 아니라 평범한 사람들로부터 관심을 받고, 프로이트의 제자였던 융이 무의식의 심리학과 유형학의 기초를 세우고 그것의 일부를 발표한 이후, 분석적 심리학이 민중의 신화나 문학 작품 속에 영향을 미치기 시작하였고 그 뒤로 예술과 심리학의 사이가 아주 가까워졌다. 프로이트의 이론을 잘 이해한 사람이든 이해하지 못한 사람이든, 그 누구도 부정할 수 없는 그의 발견은 우리 삶에 지대한 영향을 미치게 되었다.

　　그런 새롭고 다양한 시각으로 세상을 볼 수 있는 인식에 예술들이 쉽게 마음을 뺏기리라는 것은 이미 예상했던 바다. 많은 사람들이 신경증 환자에 대한 심리 분석학에 관심을 나타냈다. 그러나 예술가들은 세상에 잘 알려져 있는 학문보다 완전히 새로운 이론에 기초한 심리학을 받아들이려는 경향이 있었다. 학문을 연구하는 교수보다는 예술가에게 천재적인 극단주의가 더 쉽게 다가가는 것은 당연하다. 그래서 오늘날 젊은 예술가들 사이에서는 의학이나 심리학 전문가들 사이에서보다 프로이트의 정신세계가 더 폭넓게 토론되고 그 이론이 더 친근하게 받아들여지고 있다.

프로이트의 이론들을 찻집에서 만나 새롭게 나눌 이야깃거리 정도로 받아들이는 것에 만족하지 못하는 예술가들 사이에는 예술가로서 새로운 심리학으로부터 뭔가를 배우려는 노력이 급속하게 번져 나갔고, 더 나아가 새로운 심리학적 사고가 작품 활동에 영향을 미치는지, 미친다면 얼마나 미치는가에 대한 의문을 제기하는 데에 이르렀다.

2년 전에 아는 사람이 내게 레온하르드 프랑크의 소설 두 권을 추천하면서 그것들이 아주 훌륭한 작품이며 동시에 '심리학 입문서'로 손색이 없다는 말을 했었다. 그날 이후부터 나는 프로이트의 이론을 확실히 감지할 수 있는 작품들을 주로 읽고 있다. 새로운 학문을 받아들이는 수단으로써의 심리학에는 거의 관심이 없었던 내게는 프로이트, 융, 슈테켈 등의 몇몇 작품들이 중요한 내용을 담고 있는 것으로 보여서 그것들을 열심히 찾아 읽었고, 그것들을 통해 내가 그동안 작품 활동을 하고 세계를 관찰하며 터득한 생각들을 확인하는 계기가 되었다. 무의식적인 지식에 속하는 어떤 느낌이나 단상들을 그것들을 통해 잘 정리해 표현할 수 있게 된 것 같았다.

　창작 활동과 일상생활의 관찰에 새로운 학문의 결실이 아무 무리 없이 적용되었다. 그것이 모든 것을 해결할 수 있는 마법의 열쇠라고는 할 수 없지만 다양한 활용도와 믿음직한 신뢰성을 바탕으로 우리 세계에 금방 뿌리를 내린 완벽한 도구가 되어 주었고, 마침내 내가 새로운 사고를 받아들일 수 있게 도와주었다. 그렇다고 내가 문학, 역사적 측면을 고려하며 나의 작가로의 삶에 세부적인 질병사를 일일이 열거하는 방법을 생각했던 것은 아니다. 다만 니체가 어떤 심리학적 자각과 섬세한 심리적 변화를 겪었는지에 대한 확인을 하는 것만으로도 우리에게는 소중한 자료가 되었고, 억압, 승화, 체념 등의 심리기전과 같은 무의식에 대한 관찰과 초기 지식을 아무 문제없이 이해할 수 있게 되었다.

　심리학을 다루는 것이 많은 사람에게 쉽고 편한 일이 되기는 하였지만 예술가들에게는 그것이 진짜 유용한지에 대해서는 여전히 의문시되고 있다. 역사적 지식이 서사시를 짓는 데 약간 도움이 되고, 식물학과 지리학이 자연 환경을 설명하는 데 도움을 주는 것처럼 좋은 심리학이 인간의 존재를 표현하는 데 약간의 도움을 줄 수는 있다. 심리학자들이 심리 분석을 하기 이전의 작품들을 증거나 사례로 내놓는 것만 봐도 그것을 알 수 있다. 그렇다면 심리 분석으로 밝혀지고, 학문적으

꿈의 정원 garten im Träume

로 정리된 것을 작가는 이미 알고 있었다는 말이 된다. 작가는 분석적 심리학을 역행하는 독특한 사고의 형태를 대변해 주었다. 작가는 몽상가이고, 심리 분석가는 그가 꾸는 꿈을 해석하는 사람이었던 것이다. 그러니 무의식의 부름을 계속 쫓아가며 꿈꾸는 것 말고 작가가 영혼을 다루는 학문에 더 큰 도움을 줄 수 있는 것이 있을까?

아니, 없을 것 같다. 작가가 되어 보지 않은 사람, 영혼의 설렘으로 삶이 두근거리는 것을 경험해 보지 못하여 내면으로 사고하는 힘을 구축하지 못한 사람에게는 그 사람의 영혼을 분석해 내는 데에 심리 분석은 별 소용이 없을 것이다. 새로운 기준을 적용하고, 그것으로 잠시 새로운 것을 경험하게 할 수는 있겠지만 그것이 그 사람에게 많은 도움을 주지는 못할 것이다. 영혼의 흐름을 느끼며 시를 짓는 것은 전에도 그랬듯이 여전히 본능적인 일이지 분석학적인 재능으로 할 수 있는 것이 아니기 때문이다.

그러나 아직 질문에 대한 답은 나오지 않았다. 실제로 심리 분석의 방법이 예술가들에게 중요한 의미가 되고 있다. 분석의 기술을 예술적인 것으로 도입하려는 것은 잘못된 것이지만 우리 예술가들이 심리 분석을 진지하게 받아들이고, 그것을 따르려고 하는 것은 나쁘다고 할 수 없다. 나는 심리 분석을 통해 예술가들이 성장할 수 있는 요인을 확인하였다.

우선, 상상과 가상의 것에 대한 가치를 분명하게 확인할 수 있게 된다. 예술가들이 자신을 분석해 보면, 고통받고 있는 나약한 것들을 바라보고, 자신의 직업에 대해 불신을 가지며, 상상력에 확신을 잃고, 부의 재분배가 제대로 이루어지지 않는 것을 눈감고 묵인하면서도 겉으로는 누구보다 바르게 행동하는 자신의 모습을 표현하는 낯선 목소리를 더 이상 숨길 수 없게 되는 것이다.

그러나 심리 분석은 예술가들로 하여금, 그들이 단지 '허구'에 불과하다고 생각한 것들이 높은 가치를 지니고 있는 것이라는 사실을 깨닫게 하며, 모든 권위적인 기준과 가치를 판단하는 것 사이에는 기본적으로 정신적 요구가 존재한다는 것을 상기시켜 준다. 심리 분석은 예술가에게 자기 자신을 확인하게 하며 분석적 심리학에 자유로운 지적 활동 영역이 존재할 수 있도록 허용하는 것이다.

그런 방법이 유용하다는 사실은 심리 분석을 간접적으로 알게 된 사람도 느낄 수 있는 것이다. 그러나 심리 분석을 심층적으로 경험해 보고, 직접 피부로 느껴서 심리 분석은 지적인 사진이 아니라 하나의 체험이라는 것을 알아야 가능하다. 몇 가지 복합적인 설명을 듣고, 삶 속에 숨겨진 모습을 구체적으로 그려 보는 정도로 만족하는 사람은 귀중한 가치를 찾지 못하고 심리 분석을 마친 사람이다.

기억과 꿈, 그리고 머릿속에 떠오르는 상념들의 근원이 무엇인지 찾고, 심리 분석적 방법을 진지하게 고찰해 본 사람

몬타뇰라의 지붕들 Dächer in Montagnola

은 '자신의 무의식 세계와 맺어진 내면의 관계'라고 할 만한 것을 얻을 수 있다. 그는 더 따뜻하고, 보람되며, 누구보다 열정적으로 무의식의 세계와 의식을 세계를 오가며 삶을 영위한다. 자신의 '밑에 잠겨 있는 것'을 끌어 올리고, '무심하게 지나친 꿈에 보이는 것'을 밖으로 끄집어낼 수 있기 때문이다.

그런 작업은 윤리적이며 개인적인 양심을 위한 심리 분석 결과와 내적으로 맞닿아 있다. 심리 분석은 무엇보다도 진실을 회피하고 무심했던 것에 대한 복수로 다른 사람들의 마음 깊은 곳에 상처를 냈던 자신을 돌아보게 만든다. 그것은 우리에게 익숙한 일은 아니지만 자기 자신에게 솔직해야 한다고 말한다. 우리가 마음속에서 단번에 거부했던 것들을 진지하게 받아들이고, 살펴보고, 확인하고, 다시 한 번 탐색하게 만든다. 이것은 우리가 심리 분석을 하면서 처음으로 경험하게 되는 것이며 대단한 위력을 가지고 있다. 우리의 뿌리까지 뒤흔드는 엄청난 것을 체험하게 하기 때문이다.

점점 고립되는 것 같지만 물러서지 않고 계속 전진하고, 인습이나 전통 따위에 얽매이지 않는 사람은 그 어떤 것으로도 해결할 수 없는 질문과 의심을 갖게 된다. 하지만 그는 오랜 관습이 무너진 무대 뒤에 쓸쓸한 진실이 얼굴을 드러내는 것을 더 많이 보거나 적어도 그럴 것이라는 사실을 예상할 수 있게 된다. 자기 자신에 대한 심층적인 분석이 이뤄져야만 세계의 한 부분일지라도 진정으로 체험하고, 거기서 전해지는 생생한 감정을 느낄 수 있는 것이다.

우리가, 아버지와 어머니, 농부와 유목민, 원숭이와 물고기를 넘어, 인간의 근원과 종속, 그리고 희망이 세밀하게 다뤄지는 심리 분석을 할 때처럼 진지한 체험을 하는 경우는 거의 없다. 그동안 학습한 것이 눈으로 확인할 수 있게 되고, 알고 있던 것들이 우리의 심장이 뛰게 만들며, 두려움, 당혹감, 억압의 고통이 겉으로 얼굴을 드러내면서 순수한 의미로서의 삶과 인간성의 모습을 만나게 된다.

심리 분석이 주는 교육적이며 자극적인 힘은 그 누구보다 예술가에게 가장 강력하게 적용한다. 그들은 세상에 적당히 적응하면서도, 그것의 관습을 따르려고 하지 않고 자기 자신에게 의미가 있는 특이한 것들에 관심이 많기 때문이다.

과거의 작가들 중에 분석적 사고를 하는 사람들이 몇몇 있었다. 특히 도스토옙스키는 프로이트나 그의 제자들이 알려지기 훨씬 전부터, 직관이 아닌 심리 분석의 기술과 방법으로 사물을 바라보는 법을 어느 정도 알고 있었다. 독일의 뛰어난 작가 중에는 인간의 정신적 흐름을 설명한 장 파울을 예로 들수 있다. 그는 영원히 멈추지 않는 생산적 힘에 자신의 무의식세계를 접목시킨 뛰어난 예술가다.

마지막으로 내가 소개하고 싶은 작가는 오토 랑크Otto Rank 다. 그는 순수한 이상주의자이기는 했지만 자기 자신에 지나치게 몰두하는 사람, 혹은 몽사가 부류로 나눌 수는 없고, 지적인 성향이 강한 예술가로 평가받는다. 쉴러는 자기의 생산력에 대해 불평하는 쾨르너에게 아래와 같은 편지를 보냈는데, 랑크는 그 편지에서 무의식의 심리학을 일찌감치 발견하였다.

"내가 보기에 당신이 하는 불평은 당신이 빚어낸 상상을 이성이 판단하고 요구하며 강요하는 점에서 비롯된 것 같습니다. 당신의 이성이 머리에 떠오르는 많은 생각들을 입구의 문에서 날카롭게 검문하는 것은 영혼의 창의력에 좋지 않은 일인 것 같습니다. 하나의 생각은 분리되어 관찰될 수 있고, 아주 극단적이거나 아주 모험적일 수 있습니다. 그러나 그것 다음에 떠오르는 생각을 통해 중요한 것이 될 수 있고, 어쩌면 특이해 보이는 다른 것들과 모종의 관계를 맺을 수도 있습니다. 이성이 다른 것들과 상상이 포괄적인 관계를 맺고 있음을 볼 수 있을 때까지 그것을 붙잡지 못하는 한 모든 것을 판단하기는 어려울 것 같습니다. 그러나 창의적인 머리에서는 입구에서 이성이 검문을 하는 일이 일어나지 않을 겁니다. 많은 생각들이 거침없이 들어오고, 나중에야 그것에 눈길을 주면 그 사이 수북하게 쌓여 있는 생각덩어리를 볼 수 있을 테니까요."

여기에서는 무의식에 대한 지적인 비판의 이상적인 관계가 고전적으로 표현되었다. 무의식적인 것, 통제받지 않은 생각, 꿈. 그것은 머릿속에 유희적인 심리학이 떠오르는 것을 억

노란 잎들 Gelbe Blätter

압하지도 않고, 형성되지 않은 무의식의 무한함에 모든 것을 다 내주지도 않았다. 다만 숨어 있는 원천에 귀를 쫑긋 기울인 다음 혼돈에서 비판과 선택을 결정했다. 위대한 예술가들은 늘 그렇게 창작 활동에 임했다. 심리 분석은 그런 보호의 기전을 충족시키는 것에 도움을 줄 수 있었기 때문이다.

쉼 없이 달려감

그대 두려움에 감싸여 있는 영혼이여,
그대는 늘 이렇게 묻는다.
험난한 날을 그렇게 많이 보냈건만
평화와 휴식은 도대체 언제 오는가?

오, 나는 안다.
편안한 날을 맞이하자마자 우리는
새로운 것에 대한 그리움으로
사랑스러운 나날을 고통으로 보낸다는 것을.

그대는 잠시 안식을 취할 뿐

다시 새로운 고통을 찾아 나간다.
성급하게 뜨는 샛별처럼
우주는 조바심에 가득 차 있다.

흐린 하늘

바위 사이로 난쟁이 풀들이 가득하다. 나는 풀밭에 드러누워 작은 구름 조각들이 어지럽게 흩어지며 천천히 황혼에 물들어 가는 저녁 하늘을 바라본다. 저 위에서는 여기 아래에서 감지할 수 없는 바람이 불고 있을 것이다. 조각구름들이 실밥처럼 바람에 흔들린다.

물이 하늘로 올라갔다가 다시 또 비가 되어 내리는 것과 마찬가지로 계절이 때에 따라 변하고, 밀물과 썰물이 교차하는 것에도 일정한 리듬이 있는 것처럼 우리 마음속에 있는 것들도 내면에 정해진 박자에 따라 움직인다. 플리스Fliess라는 교수는 인생 경로의 주기적인 귀환을 표현하기 위해서 수학적인 순열을 계산해 냈다. 그런 계산법으로 인생을 알 수 있다

숲 속의 술집 Grotto im Wald

는 것은 마치 중세에 일어난 유태의 신비설을 담은 문서 카발
라[8]처럼 보이기도 하지만, 사실은 카발라가 더 과학적일지도
모른다. 많은 독일 교수들이 그것을 미신 취급하며 비웃는 것
으로 보아 그럴 가능성은 충분히 있다.

　　내가 두려워하는 내 삶의 어두운 물결도 일정한 규칙을
가지고 나를 찾아온다. 날짜나 숫자는 중요하지 않다. 내가 매
일 빠짐없이 일기를 쓰는 것도 아니다. 인생의 주기적인 순환
과 관련 있는 숫자가 23인지 아니면 27인지 혹은 전혀 다른
숫자인지 궁금하지도 않고 알고 싶지도 않다. 다만 내가 아는

것은 내 머릿속에 가끔 아무런 이유 없이 어두운 그림자가 드리워진다는 것이다. 그것은 구름이 그늘을 만들어 세상을 가리는 것처럼 나의 세상을 가려 버린다. 기쁨은 가식으로 느껴지고, 음악은 맥없이 풀어진 것처럼 들린다. 무거운 마음을 짓누르고 사느니 차라리 죽고 싶은 생각이 들 때도 많다.

마치 무슨 발작이라도 하듯 그런 우울한 기분이 수시로 찾아온다. 나는 그것이 얼마간의 간격을 두고 찾아와 내 머리 위의 하늘을 구름으로 뒤덮는 것인지 알지 못한다. 그것은 마음속의 불안으로부터 시작된다. 문득 두려움이 엄습하고, 밤에 나쁜 꿈을 꾸기도 한다. 소리가 이상하게 들리고, 평소에 내가 좋아하던 사람, 집, 색깔이 잘못된 것처럼 느껴지기도 한다.

음악은 머리를 아프게 한다. 편지도 왠지 기분을 우울하게 만들고, 그 안에 뭔가 흉계가 숨어 있을 것처럼 느껴지기도 한다. 그런 때 다른 사람과 이야기를 나누어야 하는 일이 있다면 그것은 고통이고, 결국 좋지 않은 문제를 일으키고 만다.

사람들은 인생의 어두운 그림자가 드리워질 때에는 자신이 총을 가지고 있지 않음을 후회한다. 분노, 고통 그리고 불만이 최고조에 다다라 모든 것에 대적하려고만 한다. 인간, 동물, 험악한 날씨, 신 그리고 누군가 읽고 있는 책 그리고 입고 있는 옷에게까지 거부감을 나타내며 맞서려고 한다. 그러나 그런 분노, 불안, 불만과 증오는 대상에 해소되지 않으며, 그런 모든 사물에 가서 꽂히지 않은 채 내게로 다시 돌아온다.

증오의 대상이 바로 내가 되는 것이다. 불협화음과 증오심을 세상에 꺼내 온 자가 바로 나이기 때문이다.

나는 오늘 그런 하루를 경험한 후 시간을 보내고 있다. 이제는 편안한 휴식이 찾아올 것이다. 나는 세상이 무척 아름답다는 것, 다른 어떤 사람의 눈에 비치는 것보다 내게 훨씬 더 아름답게 보이고, 색깔이 더욱 달콤하게 느껴지고, 공기가 더욱 은혜롭게 흐르고, 햇빛이 더욱 부드럽게 비친다는 것을 안다. 그리고 나는 내 삶이 도저히 감내할 수 없을 정도로 어렵게 느껴졌던 그 나날들로 지금 이 시간을 누릴 수 있는 값을 치렀다는 것도 안다.

마음이 무거울 때 쓸 수 있는 좋은 방법이 있다. 노래를 부르고, 경건하게 행동하고, 술을 마시고, 음악을 연주하고, 시를 짓고, 산책을 나가는 거다. 그런 것들을 이용해 나는 은둔자가 경전을 읽으며 시간을 보내는 것처럼 살아가고 있다.

나는 가끔 생각한다. 저울이 균형을 잃어서 나쁜 시간을 감당해 내기에는 좋은 시간은 너무 조금 있으며, 너무 드물게 찾아온다고 말이다. 때로는 좋은 시간이 더 많이 늘어나고, 나쁜 시간은 줄어들어서 그 반대의 현상이 일어났다고 느끼기도 한다. 아무리 힘든 시간을 보내야만 한다고 하더라도 내가 정말로 원하지 않는 것은 좋지도 않고, 나쁘지도 않은 채 어정쩡한 중간 상태에 머물러 있는 시간이다. 그런 이도저도 아닌 상태에 있는 것보다는 오히려 나쁜 일이 더 많이 생겨서 고통

토끼우리 Kaninchenstall

을 받는 것이 다음에 찾아오는 축복의 순간을 더 큰 기쁨으로 맞이할 수 있을 것이다.

무거웠던 마음이 서서히 사라지고 삶은 다시 경쾌해졌고, 하늘은 아름다워졌으며, 산책길은 의미심장한 길이 된다. 그런 시간이 되돌아오면 나는 아픈 몸이 회복되었을 때처럼 나른함과 피곤함을 느끼기도 하고, 어쩔 때는 씁쓸함을 느끼지 못하는 굴복감을 맛보며, 자기 스스로를 경멸하지 않는 고마운 마음을 갖게 된다.

삶의 곡선이 서서히 위를 향해 올라간다. 입에서 콧노래가 술술 흘러나온다. 이제는 걸어가다가 예쁜 꽃을 보면 눈길도 주고, 지팡이를 이용해 장난도 치고, 그렇게 생동감 넘치게 살아간다. 다시 위기를 극복한 것이다. 앞으로도 위기는 다시 극복할 것이고, 더 자주 그렇게 될 것이다.

혼자서 조용히 움직이는 구름 조각들로 뒤덮인 흐린 하늘이 내 마음을 반사했다거나 혹은 내가 흐린 하늘에서 내 마음의 형상을 읽어 냈다는 말은 도저히 할 수 없을 것 같다. 가끔 내게는 모든 것이 불확실해 보인다. 어떤 날에는 늙고 신경이 예민한 작가이자 방랑자의 감각을 지닌 나만큼 더 섬세하고 정확하고 충실하게 바람과 구름과 색깔과 향기와 습한 기운의 흐름을 잘 감지할 수 있는 사람은 없을 거라는 생각을 한다. 그러다가 오늘 같은 날에는 내가 실제로 무엇인가를 보았고, 들었고, 냄새 맡았는지 의심이 들 때가 있다. 내가 그렇게 했다고 믿는 것들이 사실은 겉으로 드러난 나의 내면적 삶의 모습일 뿐이지 않는가 하는 생각이 드는 것이다.

힘든 시기에는 자연으로 나가서 수동적이 아닌, 적극적인 자세로 그것을 즐기는 것보다 더 좋은 약이 없다.

우리 작가들은 여러 방면으로 해야 할 일들이 많지만 무엇보다도 우리 시대를 살아가고 있는 사람의 아픔을 언어로 표현해야만 하는 중요한 과제를 안고 있다. 우리는 그것을 다른 사람의 입을 통해 듣는 것이 아니라 스스로 그 고통을 경험해야만 제대로 표현할 수 있는 것이다. 우리의 표현이 격앙되거나 감성적이거나 고통스럽거나 우습거나 혹은 불평불만처럼 보일 때가 있더라도 그렇게 하는 것이 혼자서 외롭게 성장해 나가는 사람들을 조금이라도 위로해 주고 도와준다는 의미를 지니기에 그렇게 해야 한다. 우리가 경험하는 고통은 우리에게 모든 민족과 모든 존재하는 것들과 그 모든 것들을 아우르는 연대감을 준다. 감당하기 어려운 것을 극복하기 위해서는 반드시 표현해 보아야 한다.

---

8) Kabbalah：유대교의 신비주의적 교파 혹은 그 가르침을 적은 책. 중세부터 근세에 걸쳐 퍼졌으며, 13세기의 문헌《조하르》가 널리 알려져 있다.

당신도
그것을 알까?

가끔 가슴 벅찬 기쁨을 맛보는 도중에
즐거운 웃음이 가득한 축제 공간에
문득 침묵하며 자리를 피해야만 하는
순간이 있음을 당신도 알고 있을까?

그런 날 당신은 갑자기 심장에 통증을 느끼는 사람처럼
잠자리에 누워 잠을 이루지 못하고,
쾌락과 웃음은 연기처럼 허공에 흩어지고,
당신은 하염없이 눈물을 쏟는다.
당신도 그런 것을 알고 있을까?

두려움 극복하기

그는 호수 한가운데로 나가 노를 저었다. 결국 상황이 이렇게 되었지만 어쨌든 만족스러웠다. 예전에는 죽을 것만 같은 힘든 상황이 닥치면 언제나 조금 망설이다가 다음 날로 결심을 미루고 조금 더 살아 보려고 발버둥 쳤었다. 하지만 이제는 더이상 그렇게 하지 않는다. 작은 배. 그것은 비록 조그마하고 한계가 정해져 있지만, 인공적으로는 그의 삶을 안전하게 만들어주는 공간이다. 그러나 그의 작은 배 주변에는 암흑이 넓게 깔려 있다. 그것은 세상이고 우주이며 신이다. 그런 어둠 속에 빠지는 것은 너무나 쉬워 보였고, 그래서 다행스러웠다.

그는 발을 물 쪽으로 향하게 하고 배의 난간 바깥쪽에 앉았다. 그리고 서서히 고개를 숙이고, 계속 앞으로 구부리다가

마리에타의 꽃밭 Rabatte in Marietta

배가 그의 뒤로 스르르 물러날 때까지 계속 그러고 있었으며 결국 그는 우주에 잠겼다.

그 순간 이후부터 그가 경험한 짧은 순간들은 지금 이런 일이 벌어지기까지 그가 살아온 40년의 세월보다 더 길게 느껴졌다.

그는 물에 빠지는 순간 아주 잠시 동안 물과 배 사이로 추락하면서 자기가 자살을 감행하고 있다는 것을 알아챘다. 어린아이가 하는 유치한 짓 같고, 별로 나쁘지는 않지만 이상하고, 아주 끔찍스러운 짓이라는 생각도 잠시 들었다. 간절하게 죽음을 원하던 지나친 열정과 죽음의 광기도 그와 함께 추락했으며, 이제 그것은 죽음과 더 이상 아무 관련이 없게 되었다. 그의 죽음은 더 이상 꼭 필요한 행동이 아니었다. 그것은 그가 늘 바라왔던 대로 아름답고 완벽하게 진행되기는 했지만 꼭 그렇게 해야만 한다는 당위성은 더 이상 존재하지 않았다. 온전한 의지로 모든 소망을 완전히 포기한 채 기꺼운 마음으로 배의 난간에서 미끄러지며 어머니의 품으로, 신의 품으로 추락하던 그 찰나의 순간 이후부터 죽음은 그에게 더 이상 아무런 의미도 지니지 않게 되었다. 모든 것이 쉬웠고, 자연스럽게 진행되었으며 더 이상의 난관도, 그보다 깊은 낭떠러지도 존재하지 않았다.

그 모든 것을 가능하게 한 예술은 추락이었다. 그것은 그의 삶의 결과로 남았다. 그가 자살을 감행했다는 것으로 말이다. 자기를 붙잡고 있는 모든 끈을 외면하고 끝내 추락하는 사람은 그렇게 함으로써 모든 것이 좋아지고, 두려움이 없어지며, 더 이상 위험도 존재하지 않기 때문에 자기 자신의 내면에서 들려오는 목소리에만 귀를 기울인다.

결국 그는 그런 상태에 도달했고, 물을 향해 몸을 던졌다. 물에 빠지며 죽음을 맞이하는 것이 굳이 필요하지 않은 일일 수도 있다. 그 대신에 삶에 몰두할 수도 있다. 그러나 그것은 중요하지 않다. 그가 살아서 다시 이곳을 찾아올 수도 있으며 그래 그는 굳이 자살을 할 필요를 느끼지 못할 것이다. 일부러 고통스러운 그 길을 택할 이유를 느끼지 못하게 되는 것이다. 그가 두려움을 극복했기 때문이다.

두려움이 없는 삶! 생각만 해도 환상적이다. 두려움을 극복하는 것은 축복이고 구원이다. 살아가면서 늘 두려움에 떨었는데, 이제 죽음이 그의 목을 조여들고 있다고 해도 더 이상의 두려움이나 공포를 느끼지 못한 채 미소와 안도감과 편안함만 느끼게 되는 것이다. 그는 문득 두려움의 실체를 알게 되었다. 그리고 그것을 알아챈 사람만이 그것을 극복할 수 있다는 것도 알게 되었다. 인간은 수많은 것들에 대해 두려움을 가지고 있다. 아픔, 다른 사람의 판단, 자기 자신의 마음, 잠드는 것과 깨어나는 것, 혼자 있는 것, 추위, 광기, 죽음에 대해 두려워한다. 그러나 그 모든 것들은 가면에 불과하다. 실제로 사람이 두려움을 갖는 대상은 한 가지뿐이다. 몸을 내던지는 것,

미지의 세계로 뛰어드는 것, 안전했던 모든 것을 뿌리치고 훌쩍 몸을 던지는 것이다. 그렇게 자기 자신을 송두리째 내던진 경험이 있는 사람, 그렇게 큰 믿음을 경험하고 운명을 철저하게 믿은 사람은 두려움으로부터 해방될 수 있다. 그는 더 이상 지상의 법칙을 따르지 않고, 우주에 몸을 던져 천체의 흐름에 몸을 맡길 것이다. 그것은 너무나 쉬운 일이어서 어린 아이라도 얼마든지 할 수 있다.

그는 그런 생각을 하지 않았다. 사람들은 아무 생각 없이 생각이라는 것을 하는 것처럼, 살고 느끼고 만지며 냄새 맡고 맛을 본다. 그는 맛보고 냄새 맡고 보고 이해하면서 사는 게 무엇인지 깨달았다. 그는 세상의 창조를 보았고, 종말도 보았으며 그 두 개의 흐름이 서로 다른 방향으로 흘러가는 것도 지켜보았다. 세상은 언제나 다시 태어나고, 또 날마다 죽는다. 모든 생명은 신이 내뱉는 호흡이며 모든 죽음은 신이 들이마시는 숨결이다. 몸이 무너지는 것을 애써 거부하지 않은 사람은 쉽게 죽고 쉽게 태어날 것이다. 그것을 거부하는 사람은 두려움에 떨고 힘들게 죽으며 마지못해 다시 태어나게 된다.

빗물을 머금은 회색 하늘 아래 떠 있는 밤 호수 위로 빠지려고 작정한 사람은 세상이 투영된 모습을 본다. 해와 별이 떠오르고 다시 지며 인간과 동물의 소리가 함성처럼 들리고, 악마와 천사가 서로 마주 보며 노래 부르고, 침묵하거나 소리치고, 사물들이 서로에게 맞서며, 각자 자신을 잘못 이해하고 증

카스라도 산기슭의 호수 Seebucht mit Caslanoberg

오하며 다른 것을 추방하려고 한다. 그것들의 모든 그리움은 죽음을 향하고, 휴식을 원하며 그것들의 목표는 신이다. 결국 신에게 다시 돌아가 신의 곁에 머무는 것이다.

목표는 두려움을 낳는다. 목표 자체가 착각이기 때문이다. 신의 곁에 머문다는 것은 있을 수 없다. 휴식도 없다. 다만 영원히 황홀하고 성스러운 심호흡이 있을 뿐이다. 그리고 형상을 만들고 다시 풀며, 탄생과 죽음, 떠남과 되돌아옴이 쉴 새 없이 반복된다. 그래서 몸을 내던지며 신의 의지에 반하는 행동을 하고, 그 어떤 것에도 매달리지 않으며 선한 것이나 악한 것에 다 연연해하지 않는 것이 하나의 비밀, 가르침, 예술이 된다. 그렇게 하면 사람은 해방된다. 고통과 두려움으로부터 자유롭게 되는 것이다.

그의 삶은 마치 숲이 우거진 땅, 높은 산자락 때문에 쉽게 눈에 띄지 않는 계곡과 마을처럼 그의 앞에 놓여 있다. 모든 것이 좋았고 쉬웠으며 괜찮았다. 그리고 모든 것이 그의 두려움과 고통 때문에 몸서리치는 설움과 괴로움이 되었다. 그에게는 보지 못하면 단 하루도 살 수 없을 것 같은 여자도 없었고, 함께 살아가기 힘들었던 여자도 없었다. 세상에 그의 반대되는 모습보다 더 아름답게 만들고 갈망하게 하며 행복하게 만들어 주었던 것도 없었다. 사람은 혼자 우주에 매달려 있는 한 축복 속에 살아 숨 쉬며 축복 속에 죽어 갈 수 있다. 외부로부터 찾아오는 안식은 없다. 묘지에 휴식은 없고 신에게도 휴식은 없으며 그 어떤 마술도 신의 끊임없는 호흡으로 태어나는 탄생의 고리를 끊을 수 없다. 그러나 자기 자신의 내면에서 찾을 수 있는 다른 휴식이 있다. 그것은 몸을 내던지는 것이다. 거부하지 말라! 기꺼이 죽어라! 기꺼이 살아라!

삶의 모든 형상들이 그에게 남아 있다. 사랑했던 사람의 얼굴들, 고통의 순간들까지. 그는 자기 자신의 죽음에 대해 수백 번 공포에 떨었다. 단두대에서 죽어 가는 자신의 모습을 보았고, 면도날로 목을 긋거나 관자놀이에 총구를 대는 자신의 모습도 상상했었다. 그런데 이제 그렇게 무서워했던 죽음을 실제로 경험하게 되자 모든 것이 너무 쉽고 간단해서 신 나게 승리의 기쁨을 맛볼 수 있을 정도가 되었다. 이 세상의 어느 것도 두렵지 않았고, 그 어떤 것도 무섭게 느껴지지 않았다. 다만 혼란스러운 기분으로 우리는 그 모든 공포를 만들었고, 고통을 겪었으며, 겁에 질린 우리의 영혼에서만 선과 악, 가치와 무가치, 열망과 공포가 생겨났을 뿐이다.

물이 그의 입 안으로 흘러 들어가고 그는 그것을 들이마셨다. 사방에서 물이 밀려 들어왔고 그에게 묶여 있던 모든 매듭이 풀렸다. 그는 밑으로 빨려 들어갔다. 그의 아내, 아버지, 어머니, 여동생 그리고 수천, 수만의 얼굴들, 그가 살던 집, 그리고 다른 많은 모습들이 그의 곁에 바짝 붙어 엄청난 속도의 소용돌이 속에 파묻혀 거부할 수 없는 몸짓으로 빠르게, 점점 더 빠르게 흘러갔다. 그 엄청난 속도로 흘러가는 물살을 거스르며 다른 물결이 몰려왔다. 무시무시하고, 빠르고, 얼굴과 다리와 배의 형상과 동물, 꽃, 사고, 살인, 자살, 창작한 작품, 쏟아 내는 눈물, 촘촘히, 촘촘히, 꽉 차게, 꽉 차게, 어린아이의 눈동자 그리고 젊은 청년, 자기 자신과 비슷하게 생긴 사람, 성스러운 열정에 가득 차 있는 얼굴, 그것은 다부진 젊은이였던 스무 살 무렵의 그의 모습이었다.

이제 더 이상 시간이 없다는 자각이 지금이라도 든 것이 얼마나 다행스러운 일인가? 노년과 젊음, 바빌론과 베를린, 선과 악, 주는 것과 받는 것 사이에, 그리고 차별하고 평가하며

테신의 마을 Dörfer an tessinisch

고통받고 싸우고 전쟁으로 채워졌던 세상에 유일하게 존재했던 것은, 신과 거리를 많이 두고, 지식으로부터 멀어지고, 거친 젊음의 혈기로 주저하지 않으며, 무시무시했던 인간의 영혼이었다. 그것은 서로 상반되는 것을 밝혀냈으며, 각각의 이름을 지어 주었다.

그는 어떤 사물은 아름다우나 어떤 것은 밉다고 하고, 어떤 것은 좋으나 어떤 것은 나쁘다고 했었다. 삶의 한 토막에는 사랑이라는 이름을 붙여 주었고, 또 다른 토막에는 살인이라는 명칭을 붙였다. 영혼은 그렇게 섧고, 돌발적이고, 이상했다.

시간은 참으로 묘하다. 그것은 자기 내면으로 고통받으며, 세상을 더 힘들고 복잡하게 만드는 섬세한 발명품이자 정련된 도구다. 인간이 간절히 원하고 소원하는 것들은 언제나 그 고약한 발명인 시간에 의해서만 분리되었다. 그것은 스스로 자유로워지고 싶은 사람이 거칠게 앞으로 달려 나가기 위해 집어던져야 할 목발이고, 부목이다.

새로 태어나고 싶은 사람은 죽을 각오가 되어 있어야 한다.

내일 우리에게 무슨 일이 벌어질지 두려워하면 오늘과 현재를 잃게 되고, 그것과 관련된 현실을 잃어버리게 된다. 넉넉한 시간과 관심은 고스란히 오늘에 허락하라! 나는 자살을 죄라고 생각하지 않고 비겁함이라고도 보지 않는다. 다만 나는 그것이 삶을 살아가고, 삶에 대한 부담에서 벗어나는데 도움을 주는 출구로 존재한다고 생각한다.

오늘날의 문화가 비천하고 우리의 삶을 멋없이 초라하게 만들며 우리의 정신적·문화적 업적이 지극히 사소하기 때문에, 우리들 눈에 보기에는 중세처럼 분명하고 단순하게 중앙 집권화시킨 삶이 훨씬 건강하고 믿음직스러우며 질서정연하고 신앙적으로도 훨씬 성숙하며 순수와 소망이 가득한 것처럼 느껴진다는 것을 나는 잘 알고 있다.

그렇지만 그렇게 생각하는 것이 지금 우리에게 도움이 되는가? 절대 그렇지 않다. 그것은 단지 번지르르한 말일 뿐이며 수사적 표현으로 고귀한 척하는 수치스러움에 가깝다. 왜냐하면 우리에게 삶은 당대의 모습으로 다가오고, 언젠가는 스쳐 지나가 버리겠지만 우리 각자에게는 생과 사를 가늠할 정도로 중요한 과제를 저마다 안고 있다. 그 과제는 평범하고, 교훈적인 가르침이 아니라 우리 자신의 삶과 직결되는 문제이다. 그리고 그런 문제점들은 '해결되기 위해' 존재하는 것이 아니다. 그냥 우리에게 주어진 고통이며, 그것은 그저 우리에게 고통 그 자체만을 주기 위해 존재할 뿐이다. 왜냐하면 그 고통은 곧 우리의 삶이 되며, 기쁨이라는 감정과 삶에서 느끼는 고귀한 가치는 오직 그 고통스러운 과정을 통해서만 체험할 수 있기 때문이다.

나는 이제 더 이상 아무 말도 할 수 없다. 평범한 말들은 모두 시시한 잡담이 되어 버릴 것이다.

지옥으로부터 탈출하라.
그것은 얼마든지 극복할 수 있다.

시작이 있으면 최상의 것은 저절로 이루어진다.

나는 내가 창작한 작품을 통해 젊은이들로 하여금 혼돈을 느끼게 만들었다. 다시 말하면 그들이 어느 누구의 도움도 받지 못한 채 혼자서 삶의 수수께끼를 대면하도록 만든 것이다. 어떤 사람들은 그 사실 자체만으로도 위험을 느끼고, 어떤 사람들은 다시 돌아가서 새로운 길을 모색하고는 한다. 그리고 극소수의 사람만이 그 혼돈을 뚫고 지나가고, 우리가 살고 있는 시대의 혼란을 어떤 '지도자'의 도움 없이 의연하게 관통하려는 시도를 한다.

무언가를 깨닫거나 혼돈을 뚫으려는 의지가 있는 독자들은 내 책들을 통해 우리 시대의 이상과 도덕 뒤에 숨어 있는 혼돈을 볼 수 있다. 그들을 더 '인도'하려면 나는 거짓말을 해야 한다. 혼돈을 새롭게 정비하는 방법을 가르쳐 주는 것은 오늘날에는 전혀 도움이 되지 않는다. 그것은 말로 표현할 수 없는 내면으로 겪는 경험에서 이루어진다.

힘든 시절에
벗에게
보내는 편지

이런 암울한 시간에도
사랑하는 벗이여, 나를 허락해 다오.
기분이 상쾌하든 우울하든
난 삶을 결코 탓하고 싶지 않았다.

햇빛과 악천후는
둘 다 하늘의 얼굴.
달콤하든 씁쓸하든, 운명은
내게 훌륭한 영양이 되리니.

영혼은 얽혀 있는 길을 간다.
그것의 언어를 배우라!
오늘 그대에게 고통이었던 것이
내일은 축복이 되리라.

신을 믿지 않는 자들만이 죽음을 택한다.
신이 다른 사람들에게는
처절한 괴로움과 유쾌한 즐거움을 통해
심오한 의미를 찾을 수 있도록 가르쳐 준다.

아버지의 부름 같은 것을 받고
하늘을 쳐다볼 수 있는 그런 곳.
우리는 그 마지막 계단에서 비로소
쉼을 느낄 수 있다.

언제나 새로운
자신 가꾸기

　얼굴에 쓴 탈을 벗고, 이상적인 것을 무너뜨릴 때마다 끔
찍한 공허함과 침묵이 몰려온다. 무서울 만큼 위축되는 마음,
곁에 아무도 없는 것처럼 느껴지는 외로움, 그 텅 빈 황량함과
절망들은 지금 내가 다시 겪어 내야만 하는 것들이다.

　내 삶이 그런 진통을 겪을 때마다 결국 나는 무언가를 얻
었다. 그것들은 쉽게 감추어지지 않는 자유와 영혼과 심오한
감정들이었지만 다른 한편으로는 외로움과 몰이해와 아픔도
있었다. 보통 사람들의 입장에서 본다면, 나의 삶은 그런 진통
을 겪을 때마다 정상적인 것, 바람직한 것, 건강한 것으로부터
점점 멀어지는 타락의 길을 가고 있었다.

　나는 오랫동안 직업도 가족도 고향도 없고, 사회적인 친

분도 없으며, 어느 누구의 관심이나 사랑도 받지 못한 채 세속적인 믿음이나 도덕 기준으로 인한 심한 갈등을 겪으며 혼자서 살아왔다. 물론 나는 여느 사람들처럼 평범한 생활을 하기는 했지만 나는 그들과 느끼는 감정과 사고가 다르다는 것을 알고 있었기 때문에 마음속으로는 철저히 낯선 이방인의 모습이었다. 내게는 종교, 조국, 가족, 국가 같은 것들이 의미를 잃은 지 오래였으며, 학문의 중요함이 나와 전혀 상관없는 일처럼 느껴졌고, 예술조차 나에게 역겨운 기분을 느끼게 했다. 과거에는 나를 빛나게 해 주었던 내 사고방식과 취향과 도덕관념이 이제는 터무니없고 거칠며 사람들로부터 의심을 받는 것이 되었다.

그동안 그토록 고통스러운 변화를 겪으면서 무언가 눈에 보이지도 않으며, 저울질을 해 볼 수도 없는 것을 내가 얻었기 때문일까? 어쨌든 나는 그 값을 톡톡히 치러야만 했다. 가끔 내 삶은 힘에 부치고 어렵고 외로웠으며 위험에 처하기도 했다. 진정으로 나는 '니체의 가을 노래'[9]에 나오는 연기처럼 점점 공기가 희박해지는 곳으로 나를 계속 몰고 갈 것 같은 길을 꾸준히 걷고 싶은 생각이 추호도 없었다.

나는 유난스럽고 까다로운 어린이의 운명을 결정짓는 순간과 결정적인 변화를 누구보다 잘 알고 있다. 마치 세상에 이름을 드높이고 싶은 욕망은 많지만 실패만 거듭하던 사냥꾼이 사냥의 순간을 맞이하는 것처럼, 늙은 투기꾼이 도박을 할 때처럼, 이익이 발생하거나 불안해지기도 하는 시장의 흐름과 흔들림, 혹은 부도의 낌새를 남보다 먼저 알아차리는 것처럼.

그 모든 괴로움, 혼란스러움과 궁핍함, 저급함과 무가치함, 실패한 것에 대한 혹독한 두려움, 죽음에 대한 공포까지. 그런 수많은 고통이 다시 반복되는 것을 막는 것이 그것을 회피하는 것보다 더 지혜롭고 쉬운 일이 아니었을까? 물론 그저 회피하고 마는 것이 오히려 더 지혜롭게 여겨지며 쉬운 일이라고 생각할 수도 있다. 그런 과정들이 반복되는 것을 경험하며 그동안 몸서리쳐질 정도로 고통스럽게 체험했던 것들을 가스나 면도칼 혹은 권총을 이용해서 더 이상 반복되지 않도록 하겠다고 하면 그것을 말릴 사람은 아무도 없었다. 이 세상의 그 어떤 힘도 나로 하여금 죽음에 대한 공포로 떨고 있는 자신을 다시 한번 만날 수 있게 해 주며, 새롭게 시작하고자 다시 한번 마음을 먹고 일어서려고 하는 것을 막지는 못했을 것이다.

목표는 평화와 안식이 아니라 자기 자신을 새롭게 파멸시키는 것이고, 늘 새롭게 만들어 나가는 것이었다. 자살이 어리석고 비겁하며 초라한 짓일 수도 있고, 명예롭지 못하고 창피스러운 비상 탈출로 보일 수도 있다. 하지만 고통의 굴레에서 벗어나기 원하는 사람은 고통스러운 상황에서 탈출하기 위해서 아무리 마음속 깊이 빌고 빌었다고 하더라도 막상 자살을

나무가 있는 오두막 Hütte mit Bäumen

선택했을 때에는 삶에 대한 사치나 영웅주의 심리 같은 것은 더 이상 존재하지 않는다. 다만 스쳐 지나가는 듯한 미미한 고통과 상상할 수 없을 만큼 힘겨운 고통을 끝내기 위한 선택이 있을 뿐이다.

그것이 일 년이 지난 후든, 한 달이 지난 후든 혹은 당장 내일이든 언제나 그 문은 열려 있다.

사람들로부터 많은 편지를 받고, 많은 사람들을 상대하는 사람은 도저히 외면하기 힘든 어렵고 딱한 사정이나 간곡한 애원이나 수줍은 부탁, 혹은 절망에 대한 처절한 토로까지 여러 경험을 하게 된다. 만약 우편배달부가 전해 주는 불평불만, 억울함, 가난과 배고픔, 그리고 타향살이의 외로움을 마음속에 전부 담아 두고 있었다면 나는 이미 오래전에 삶을 마감했을 것이다. 그리고 굉장히 사무적이거나 의미가 분명한 보고서조차도 이해하고 인식하는 데에 꽤 자주 애를 먹었을 것이다.

나는 지난 몇 해 동안 위로와 조언 혹은 약간의 물질적인 도움으로 상황을 어느 정도 경감시킬 수 있는 어려움이 닥쳤을 때를 대비해서 넉넉한 마음과 이해심을 조금씩 비축해 두었다. 그러자 정신적으로 혹은 도덕적으로 자신들을 뒷받침해 줄 것을 부탁했던 편지들은 나 자신이 슬픈 시절을 보내게 되었을 때 비로소 진정으로 이해될 수 있는 내 경험이 되었다.

수많은 편지들 중에는, 더 이상 젊지도 않으며 이미 나이가 많이 든 사람들로서는 이제껏 한 번도 가져 보지 못했던 생각, 즉 참아 내기 어려울 정도로 심해진 세상살이를 자살을 통해서 마감하려는 것에 관한 생각을 적어 놓은 것이 있었다. 아직 젊고, 가슴이 여리며, 감성적이며, 다분히 예술가적인 기질을 가지고 있는 사람들이 보낸 편지들은 언제나 그런 감정으로 가득 차 있었다.

나는 그동안 편지를 통해 나에게 자살하겠다며 위협을 가하거나 혹은 자살을 옹호하는 듯한 글을 써 보낸 사람들에게 답장을 쓰는 데 어느 정도 익숙해졌다. 나는 삶에 지친 사람들에게 이렇게 편지를 보내 주었다. 자살에 대해 편견을 가지고 있지는 않지만 스스로 선택하고 행동으로 옮긴 자살을 보면서 그것을 다른 종류의 죽음보다 더 소홀하다고 생각하지는 않는다고 말이다. 그러나 삶에 염증을 느끼고 급기야 자살을 감행하려 한다는 그 말이 진심에서 우러나온 말이 아니라 그저 다른 사람으로부터 동정이나 받으려고 하는 알량한 의도에서 나왔다면 그런 사람하고는 진지한 대화를 나누고 싶지 않다고 말이다.

그런데 자주는 아니지만 지금껏 삶에 만족하며 성실하게 살아온 사람들로부터 자살에 대해 내가 어떤 생각을 가지고 있느냐는 질문을 종종 받는다. 사는 게 점점 힘들어지고 감당하기 어려워져서, 삶의 의미, 기쁨, 아름다움, 존엄성을 다 잃어버렸다는 그들의 편지를 받았을 때 나는 그들이 느끼고 있

나무 사이로 보이는 풍경 Blick durch Bäume

을 절박성에 대해 진지하게 생각하지 않을 수 없었다. 그런 질문을 받았을 때 내가 해 주었던 대답을 조금 기록해 두었다.

50살이 넘은 어떤 사람이 지금까지 살아오면서 한 번도 자살에 대한 생각을 해 본 적이 없었는데 이제는 사는 게 너무 힘들고 무의미하다고 느껴지며, 품위도 잃어버린 삶을 벗어나는 유일한 탈출구로 자살을 생각하지 않을 수 없다고 하면서 그에 대한 내 생각을 물었다. 나는 그에게 이렇게 대답했었다.

"열다섯 살 때 선생님으로부터 이런 말을 들은 적이 있습니다. 자살은 인간이 하는 짓 가운데 도덕적으로 가장 비겁한 행동이라는 말씀이셨죠. 저는 그 말을 듣고 정말 큰 충격을 받았습니다. 나는 그때까지 자살을 하는 것이 어느 정도 용기를 내야 되고, 아픔도 감수할 소신이 있어야 하는 것으로 생각했습니다. 그래서 자살한 사람에 대해 무서우면서도 여러 가지 감정이 복합된 존경의 마음을 가지고 있었습니다. 그랬기 때문에 선생님의 말씀은 나를 당황하게 만들었습니다. 나는 그날 선생님의 말씀에 아무런 대꾸도 하지 못한 채 멍청하게 서 있었습니다. 그가 이 세상의 모든 논리와 도덕을 다 섭렵한 사람처럼 보였기 때문입니다.

그렇지만 시간이 얼마 지나지 않아 나는 평소에 내가 가지고 있던 생각으로 다시 돌아왔고 자살한 사람에 대해 존경의 마음도 갖고, 동정도 느끼고, 유쾌하지 못한 방법이기는 하지만 그들은 뭔가 큰일을 해낸 사람이라는 생각을 했습니다. 그 당시 선생님의 상상력이 좇아가지 못한 인간적 고통이 실천으로 옮겨진 사례라고도 생각했고, 내가 좋아하는 용기와 소신을 행동으로 옮긴 결과라고도 생각했습니다. 더구나 내가 알고 있는 사람들 중에 자살을 시도한 사람들은 많은 문제를 안고 있기는 했지만 보통 이상의 사람들이었습니다. 그들이 머리에 방아쇠를 당길 용기를 냈다는 것과, 그로 하여금 선생님의 논리와 세상의 도덕 기준을 냉소적으로 비웃을 수 있었다는 것이 나로 하여금 더욱 동정심을 느끼게 만들었습니다.

만약 자살이 자연과 교육과 운명의 원칙에 따라 인간이 절대로 해서는 안 되는 금기 사항으로 묶여 있었다면 사람들은 가끔 이런저런 상상을 하다 자살을 하고 싶은 유혹에 빠질 수는 있어도 끝내 그렇게 하지 않은 채 '절대로 해서는 안 될 짓'으로 남아 있었을 거라고 생각합니다.

그런데 그것과 달리 견디기 어려운 삶을 내던지기로 결심한 사람은 다른 사람과 마찬가지로 자기 자신의 죽음을 맞이할 권리가 있다고 생각합니다. 자살을 한 많은 사람들의 죽음을 보면서 나는 그들의 죽음이 다른 종류의 죽음처럼 지극히 자연스럽고, 의미심장한 것이었다고 생각했습니다."

절망은 인간의 삶을 이해하고 정당화시키려는 진지한 시

도가 만들어 낸 결과다. 절망은 삶을 덕망과 정의와 이성으로 살아가고, 책임을 완수하려고 진지하게 노력한 결과로 생겨난다. 절망의 이편에는 아이들이 살고 있고, 저편에는 깨어난 자들이 살고 있다.

나는 절망이 다시 은총으로 바뀌는 것, 그리고 우리 삶의 껍질을 벗김으로써 새로운 변화가 일어나는 것을 자주 체험하였다. 사람들이 나를 심리 분석가라고 부르기 때문에 나는 그와 같은 체험을 이렇게 규정하고 싶다. 문화와 정신, 그리고 그 요구들을 진지하게 받아들여 그에 따라 살고자 한다면 반드시 절망이 따르는 법이라고. 그 절망에서 벗어나는 것은 우리가 주관적인 체험이나 상황을 지나치게 객관화했다는 사실을 인식하는 것으로 가능하다. 그러면 우리는 심리 분석가가 꿈을 해석할 때처럼 날카로운 눈으로 우리 자신과 우리의 삶을 볼 수 있게 된다. 심리 분석가는 꿈의 '명백한' 내용을 심리학적으로 해석한다. 그는 융통성이 없어 보이는 대상들, 또 질병과 건강, 고통과 기쁨처럼 딱딱해 보이는 개념들을 그런 식으로 다루는 방법에 익숙해진다.

그와 같은 구원을 체험하는 것이 또다시 절망에 빠지는 것을 막아 주지는 못한다. 하지만 그러한 체험을 통해 어떤 절망이든 극복할 수 있다는 믿음은 더욱 강해진다. 인간은 궁극적으로 '건강'해질 수 없으며 고통으로부터 자유로울 수도 없

베르소 아라시오 Verso Arasio

다. 물론 내게도 고통이 없는 날이란 드물다. 그래도 우리는 우리 앞으로 다가올 것들에 또다시 호기심을 갖기 시작하고 운명을 사랑하게 된다.

다시 밝은 빛을 보고자 한다면 슬픔과 절망을 뚫고 나아가야만 한다.

---

9) 니체의 《디오니소스 찬가》에 나오는 시 〈가을〉을 말한다.

한 편의 동화
- 험난한 길

　어두컴컴한 바위 문 옆으로 뻗어 있는 골짜기 초입에 멈춰 선 채 나는 머뭇거리며 뒤를 돌아다보았다.

　햇빛이 푸르른 세상을 아늑하게 비추고, 풀밭 위에는 연갈색의 꽃들이 바람결에 흔들리며 반짝였다. 그곳에는 따뜻한 온기와 안락함이 있고, 나는 날아다니는 한 마리 벌처럼 꽃내음과 햇빛을 만끽하며 내 영혼은 깊고 평화로운 안식을 취하고 있다. 그 모든 것을 버리고 산속으로 들어가려 하는 나는 바보일지도 모른다.

　안내인이 내 팔을 가만히 건드렸다. 나는 따뜻한 목욕물에 담근 몸을 마지못해 일으켜야 했을 때처럼 풍경에 미련을 두며 겨우 시선을 떼었다. 그리고는 햇빛이 들지 않아 어두컴

컴한 골짜기를 바라보았다. 바위틈으로 시커먼 물이 흐르고 물가에는 색 바랜 풀이 무성하게 자라고 있었다. 바닥에는 물에 씻겨 하얗게 변해 버린 바위가 마치 한때는 살아 있었던 어느 생명체의 유골처럼 창백한 모습을 드러냈다.

"좀 쉬었다 갑시다." 내가 안내인에게 말했다.

그가 넉넉한 미소를 지었고 우리는 앉아서 휴식을 취했다. 공기가 싸늘했다. 골짜기에서 으스스하고 차가운 바람이 불어왔다

이런 길을 따라가야 한다는 것이 정말 싫다. 이 꺼림칙한 바위 문을 통과한 후 차가운 시냇물을 건너서 좁고 가파른 골짜기를 기어올라 가야 한다.

"길이 고약해 보이는군요." 내가 머뭇대며 말했다.

내 마음속에서는 강렬하고 비이성적인 희망이 꺼져 가는 불꽃처럼 불안스레 흔들렸다. 혹시 안내인이 생각을 고쳐먹는다면 우리는 발걸음을 돌릴 수 있을 것만 같다. 안내인도 내가 모든 것을 포기하고 그만 돌아가자고 말해 주기를 바라고 있을지도 모른다. 도대체 그렇게 하지 않을 이유가 없지 않은가? 우리가 떠나온 곳이 수천 배 더 아름답지 않았는가 말이다. 그곳에서의 삶이 훨씬 더 풍요롭고 따뜻하며 사랑스럽지 않았던가? 더구나 어린애처럼 순진하고 별로 오래 살지도 못하는 존재인 나는 약간의 행복과 태양, 푸르름 그리고 꽃을 보고 즐길 권리를 가지고 있는 인간이 아니던가?

싫다. 그냥 이대로 머물고 싶다. 영웅이나 순교자가 되고 싶은 마음은 전혀 없다. 여기에 이대로 머무를 수 있다면 나는 평생 동안 만족할 수 있을 것 같다.

벌써부터 으슬으슬 추워지기 시작해서 오래 머물기는 어려웠다.

"몸을 떨고 계시네요. 이제 그만 가는 것이 좋겠습니다." 안내인이 말했다.

그는 몸을 일으켜 잠시 기지개를 켜더니 미소 띤 얼굴로 나를 쳐다보았다. 그 미소에서 비웃음이나 동정, 혹은 냉혹함 이나 관대함 같은 것은 전혀 엿볼 수 없었다. 다만 모든 것을 이해하며 이미 알고 있다는 듯한 그의 미소가 내게 이렇게 말 하고 있었다.

'나는 당신을 알고 있지. 나는 당신이 느끼는 두려움을 잘 알고 있을 뿐만 아니라, 어제와 그제 당신이 큰소리친 것도 잊 지 않았어. 절망적인 심정으로 당신의 영혼이 지금 저지르려 고 하는 비겁한 행동과 당신이 떠나온 곳에 있는 따스한 햇빛 에 미련을 두는 것은 이미 내게 익숙한 것이거든.'

그런 미소를 띤 채 나를 바라보던 안내인은 어두운 바위 문을 향해 앞서 발걸음을 떼었다. 나는 사형선고를 받은 사람 이 자신의 목 위에 떨어질 단두대의 칼날을 증오하면서도 시 선을 떼지 못하듯, 그 안내인이 미우면서도 그를 떠날 수 없었 다. 그러나 무엇보다도 내가 싫어하고 경멸한 것은 그의 지식

언덕빼기의 마을 Dorf im Hügel

과 통솔력 그리고 냉정함이었으며, 그에게는 애교로 봐줄 수 있는 약점이 전혀 없다는 사실 또한 거슬렸다. 그리고 내가 마음속으로 그의 말이 옳다고 인정하는 것과 그와 생각을 같이 해 그를 기꺼이 따르려고 하는 것도 싫었다.

그는 어느새 저만치 멀리 가 있었다. 시커먼 시냇물을 건넌 그는 첫 번째 바위의 모퉁이를 돌아 내 시야에서 막 사라지려던 참이었다.

"잠깐만!"

나는 두려움에 찬 나머지 큰 소리로 외치면서 이렇게 생각했다. '지금 내가 꿈을 꾸고 있다면 내 소리에 놀라 잠에서 깨었을 거야.'

나는 다시 그를 향해 소리쳤다. "멈춰요! 나는 못 가겠어요. 아직 준비가 되지 않았단 말이에요."

안내인은 걸음을 멈추고 말없이 나를 바라보았다. 비난이 담겨 있지는 않지만, 모든 것을 이미 알고 있으며 이해하고 있다는 듯한 그 참기 어려운 눈빛으로.

"차라리 돌아갈까요?" 하고 그가 물었으나 결정적인 최후의 말은 아직 하지 않았다. 그때 나는 인정하기 싫었지만, 내가 괜찮다고 대답하게 되리라는 것을, 또 그렇게 말할 수밖에 없으리라는 것을 알고 있었다. 그 순간 내 마음속에서는 절망에 가득 찬 목소리가 '그렇게 하자고 말해!'라고 계속 외치고 있었다. 온 세상과 두고 온 고향이 무거운 족쇄처럼 내 발목을 붙잡았다.

나는 내가 그렇게 할 수 없다는 것을 잘 알고 있었음에도 불구하고 마음속으로는 간절하게 '돌아가자!'고 외치고 있었다.

안내인이 손을 뻗어 골짜기를 가리켰고 나는 다시 한번 못내 아쉬운 그곳을 뒤돌아보았다. 그 순간 나는 내 생애에서 가장 고통스러운 장면을 보았다. 내가 사랑하던 계곡과 평야가 갑자기 희미한 햇빛을 받으며 창백하고 무기력한 모습으로 내 앞에 놓여 있었던 것이다. 색채는 이울리지 않는 불협화음을 이루고, 그림자는 그을린 검은색을 띤 채 아무런 매력도 느껴지지 않았다. 모든 것이 심장을 도려낸 듯 아름다움과 향기를 잃어버렸으며 너무 많이 먹어서 물린 지 오래된 음식 같은 냄새와 맛이 났다.

내가 사랑하고 기뻐했던 것을 무가치한 것으로 만들어 버려 향기와 색을 거의 눈치 채지 못하게 변질시켜 놓은 안내인의 그 잔인한 태도에 나는 증오심과 두려움을 느끼며 몸을 떨었다. 아, 어제까지만 해도 포도주였던 것이 이제 식초가 되어 버렸다는 것을 깨달았다. 식초가 다시 포도주로 바뀌는 일은 결코 없을 것이다.

나는 아무 말 없이 슬픈 심정을 억누르며 안내인의 뒤를 따랐다. 언제나 그렇듯이 지금도 그는 옳았다. 그나마 결정을 내려야 하는 순간에 갑자기 사라져 나를 혼자 내버려 두지 않고 내 옆에 있으며 항상 내가 보이는 곳에 있다는 것이 다행이었다. 내 가슴속의 그 낯선 목소리와 더불어 혼자 남겨지는 것은 정말 견디기 힘들 것 같았다.

나는 입을 다물고 있었으나, 내 내면의 목소리는 계속 외쳐댔다. '기다려요, 같이 갑시다!'

시냇물에 박혀 있는 돌은 매우 미끄러웠다. 축축하게 젖은 작은 돌을 간신히 한 발씩 디디며 걷는 것은 지치고 현기증 나는 일이었다. 시냇가를 따라가던 길이 급하게 가팔라지기 시작하더니 어둠침침한 암벽이 눈앞에 성큼 다가왔다. 무뚝뚝하게 솟아 있는 암벽의 모퉁이는 저마다 우리를 붙잡은 채 영원히 돌아가지 못하게 하려는 음험한 의도를 드러내고 있었다. 사마귀 모양의 누런 바위 위로 물줄기가 끈적거리며 흘렀다. 우리 머리 위에는 푸른 하늘이나 구름도 더 이상 보이지 않았다.

나는 안내인의 뒤를 부지런히 쫓아가면서 두렵고 개운치 않은 마음에 자주 눈을 감았다. 도중에 어두운 색의 꽃 한 송이가 피어 있는 것을 보았다. 슬픔에 잠긴 듯 우단처럼 검은 빛깔이 감도는 아름다운 그 꽃은 내게 친숙하게 말을 거는 것 같았다. 그러나 안내인은 걸음을 재촉했고 나는 속으로 이런 생각을 했다.

'잠시 멈춰 서서 이 외로운 꽃에 눈길을 준다면 슬픔과 절망이 겹친 우울함이 너무나 커져서 나는 감정을 주체할 수 없

카로나의 경치 Landschaft im Carona

게 될 것이다. 그러면 내 영혼은 의미도 없고 망상만 가득한 이 참담한 곳에 영원히 사로잡히게 될지도 모른다.'

온몸이 젖고 더러워진 채 나는 계속해서 기어올라 갔다. 축축한 암벽이 우리를 위협하며 더 가까이 다가오자, 안내인은 오래 전부터 불러 왔던 노래를 부르기 시작했다. 그는 밝고 힘찬 목소리로 박자에 맞춰 발걸음을 떼면서 노래를 불렀다.

"나는 원한다, 나는 원한다, 나는 원한다!"

나는 그가 내게 용기를 북돋워 주고 격려하려고 그런다는 것을 잘 알고 있었다. 그렇게 함으로써 그는 이 지옥과 같은 고행길의 끔찍한 고통과 절망을 떨쳐 버리게 하려는 것이었다. 그리고 그는 내가 그의 노래를 따라 부르기를 기대하고 있었다. 하지만 나는 그렇게 하고 싶지 않았다. 그에게 그러한 성취감을 맛보게 허락할 수는 없었다. 어떻게 노래를 부를 기분이 나겠는가? 더구나 나는 신이 요구한 것도 아니고 내가 원하는 일도 아닌 것을 어쩔 수 없이 하고 있는 불쌍하고 평범한 인간일 뿐이지 않은가? 시냇가의 패랭이꽃과 물망초는 원래 있던 자리를 지키면서 자신의 속성대로 꽃을 피운 후에 시들어 가지 않던가?

"가고 싶다, 가고 싶다, 가고 싶다!"

안내인은 계속해서 노래를 불러 댔다. 아, 다시 돌아갈 수만 있다면! 그러나 나는 안내인의 각별한 도움으로 이미 암벽과 낭떠러지를 기어오른 후였기 때문에 더 이상 돌아갈 수도 없었다. 설움이 북받쳐 올랐으나 울 수 없었다. 그것은 도저히 불가능했다. 억지로 울음을 삼키며 나는 반항적이고 큰 목소리로 그의 노래를 따라 부르기 시작했다. 박자와 음정은 맞추었지만 노래 가사는 다르게 불렀다.

"가야만 해, 가야만 해, 가야만 해!"

산을 오르면서 노래를 부르는 것이 쉽지 않았으므로 나는 금세 숨이 차서 헐떡이며 노래를 그치지 않을 수 없었다. 하지만 그는 지칠 줄 모르고 노래를 계속 불렀다.

"가고 싶다, 가고 싶다, 가고 싶다⋯⋯,"

그리고 얼마 후 그는 결국 나까지도 그의 노래 가사를 따라 부르게 만들었다. 이제 산을 오르기가 훨씬 수월해졌다. 이제는 올라가야만 하기 때문에 올라가는 것이 아니라 내가 원하기 때문에 오르게 되었다. 노래를 불러도 더 이상 지치지 않았다.

내 마음을 뒤덮고 있던 구름이 걷히는 듯했고, 그와 더불어 바위도 더 이상 미끄럽지 않게 느껴졌다. 우리 머리 위로 작고 푸른 시냇물처럼 청명한 하늘이 차츰 모습을 드러내기 시작했다. 하늘은 작고 푸른 호수처럼 조금씩 넓어졌다.

나는 진심으로 의욕을 갖고 더 씩씩하게 행동하려고 애썼다. 그러자 호수 크기만 하던 하늘이 갈수록 더 커졌고 길은 오르기가 훨씬 수월해졌다. 결국 나는 아무런 불평 없이 가벼운 발걸음으로 안내인과 보조를 맞추며 걸었다. 그때 갑자기

조건 없는 행복   **176 177**

우리 앞에 산 정상이 나타났다. 산봉우리는 깎아지른 듯 가파르고 햇빛을 받아 번쩍거리고 있었다.

정상을 얼마 남겨 놓지 않고 우리는 좁은 바위틈을 빠져나왔다. 햇빛이 부셔서 눈을 제대로 뜰 수가 없었다. 다시 눈을 떴을 때 나는 숨이 막힐 듯하여 무릎이 떨렸다. 가파른 산마루 위에 의지할 곳 없이 우뚝 서 있는 내 모습을 보았기 때문이었다. 주위에는 끝없이 펼쳐진 하늘과 무섭고 푸른 심연뿐이었고, 기다란 산봉우리만이 사다리처럼 우리 눈앞에 우뚝 솟아 있었다. 그러나 하늘과 태양이 그곳에 있었으므로 우리는 입술을 꽉 다물고 미간을 잔뜩 찌푸린 채 한 발씩 겨우 발걸음을 옮기며 마지막 급경사를 기어올랐다. 그리고 마침내 희박한 공기 속에서 산봉우리의 좁은 바위를 딛고 서 있는 우리의 모습을 보았다.

산도 기이했지만 그 꼭대기 역시 그랬다. 우리가 끝없이 펼쳐진 암벽을 넘어 애써 기어오른 그 산 정상에는 바위 사이에 나무 한 그루가 자라고 있었다. 작달막한 그 나무에는 짧고 튼튼한 가지가 몇 개 뻗어 있었다. 나무는 상상할 수 없을 정도로 쓸쓸하고 묘한 모습으로 바위에 단단히 뿌리를 박고 서 있었다. 나뭇가지 사이로 차갑고 푸른 하늘이 보였고 나무 꼭대기에는 검은 새 한 마리가 앉아 탁한 목소리로 지저귀고 있었다.

짧게 휴식을 취하는 동안 마치 꿈을 꾸고 있는 것 같았다.

태양은 활활 타오르고 바위는 뜨겁게 달아올랐다. 나무는 우뚝 솟아 있고 새는 탁한 목소리로 노래를 불렀다. 그 노랫소리는 "영원, 영원!"이라고 외치는 듯했다. 노래를 부르고 있는 검은 새의 반짝거리는 눈은 마치 검은 수정처럼 우리를 바라보고 있었다. 그 새의 시선뿐만 아니라 노랫소리도 참기 어려웠다. 하지만 무엇보다도 끔찍한 것은 그곳의 쓸쓸함과 공허함, 그리고 어지러울 정도로 넓고 적막한 하늘이었다. 죽음은 예측 불가능한 기쁨이고 이곳에 남는 것은 형용하기 어려운 고통이다. 당장 이 순간 무슨 일인가 일어나야 할 것만 같았다. 그렇지 않으면 우리는 공포로 인해 돌처럼 굳어버릴 것이다. 나는 그 일이 뇌우가 몰려오기 전의 돌풍처럼 위협적으로 다가오는 것을 느꼈다. 그것이 뜨거운 열처럼 내 육체와 영혼 속으로 전해져 왔다. 드디어 올 것이 오고야 말았다.

갑자기 검은 새가 나뭇가지에서 날아오르더니 몸을 던져 우주 공간으로 추락하였다.

그리고 안내인도 푸른 심연으로 뛰어내려 시야에서 사라져 버렸다. 이제 운명의 파도는 절정에 달했다. 그 파도는 내 심장을 휩쓸어 가 소리 없이 부서졌다.

그리고 나는 어느새 떨어지고 있었다. 추락하면서 날고 있었다. 차가운 공기의 소용돌이 속으로 파고들면서 나는 기쁨의 고통에 겨운 나머지 경련을 일으키며 무한한 공간으로 떨어져 내렸다. 어머니의 품속으로.

슬픔이 질정에 달하면 상황이 호전된다.

정신착란에 대한 두려움은 대부분 삶에 대한 것이거나 우리의 성장과 본능이 요구하는 것들에 대한 두려움일 뿐이다. 본능에 충실한 삶과 우리가 의식하고 싶어 하고, 의식하려고 노력하는 것 사이에는 언제나 깊은 괴리가 있다. 그 괴리를 좁힐 수는 없지만, 그 사이를 뛰어넘는 것은 수백 번도 가능하다. 그럴 때마다 항상 용기가 필요하며 뛰어넘기 전에는 공포가 우리를 엄습한다. 미리부터 마음속의 동요를 억누르거나 '미친 짓'이라는 등의 말을 입에 올리지 말라. 오히려 그 동요에 귀를 기울이고 그것을 분명하게 인식하라! 모든 성장은 그러한 상태와 결부되어 있으며 고난과 고통 없는 성장은 있을 수 없다.

'망상'이 당신을 괴롭히더라도 눈을 감지 말고 그 망상이 마음속에서 분명해지도록 애써 보라. 그렇지 않으면 여느 사람처럼 당신의 내부에 있는 혼돈과 점점 더 반목하게 될 뿐이다. 당신은 그 혼돈과 친구가 되어 그것을 받아들이고 헤아릴 줄 알아야 한다. 심지어 당신의 내부에 들어 있는 것이 정신착란일지라도 그렇게 해야 한다. 정신착란은 한 인간이 접할 수 있는 것 가운데 가장 사악한 것이라고는 말할 수 없다. 정신착란에도 나름대로 신성한 측면이 있기 때문이다.

전체적으로 볼 때 나는 영웅주의나 스토아 철학에 대해 반대하는, 아니 불신하는 입장이다. 그리하여 나는 나 자신의 삶에서 극히 드문 경우를 제외하고(우리 어머니의 죽음이 그런 경우였는데, 그 당시 나는 한동안 어머니의 죽음을 인정하려 들지 않았다) 고통의 한가운데를 가로지르는 길이 고통의 세계를 가장 빨리 통과할 수 있게 만드는 지름길이라는 생각을 고수해 왔다. 다시 말해 나는 고통과 그보다 높은 힘에 나 자신을 내맡겼고 그 결과가 어떻게 될지도 그와 같은 힘에 맡겼다.

　　일몰은 존재하지 않는다. 일몰이나 일출이라는 것이 존재하려면 먼저 위와 아래가 있어야만 한다. 하지만 이 지구에 위와 아래는 없으며, 그것은 착각의 근원지인 인간의 뇌 속에나 존재할 따름이다. 서로 반대되는 것은 모두 착각이다. 흰색과 검은색도 착각이고 삶과 죽음도 착각이며 선과 악도 착각이다. 당신에게는 일몰로 보이는 것이 내게는 일출로 보일지도 모른다. 그 두 가지 모두 착각이다. 지구가 하늘 아래 떠 있는 원반이라고 생각하는 사람은 일출과 일몰을 눈으로 보고 또 믿는다. 그리고 거의 모든 사람들이 지구가 그와 같은 원반 모양이라고 믿고 있다. 그러나 정작 별들이 뜨고 지는 것을 알지 못한다.

화요일에 할 일을

목요일로 미루는 일을

한 번도 하지 못한 사람이 나는 불쌍하다.

그는 그렇게 하면 수요일이 몹시 유쾌하다는 것을

아직 알지 못한다.

3부

삶의 진정한 아름다움

병상 일기[10]

1920년 11월경

지구와 태양은 또다시 나를 위해 돌고 있다. 푸른 하늘과 구름, 호수와 숲은 오늘도 여전히 나의 생생한 눈에 비치고 있다. 또다시 내 소유가 된 세상은 내 심장 위에서 다양한 음색으로 마법의 음악을 연주하고 있다. 다채로운 내 삶을 기록하는 이 생의 페이지 위에 나는 한마디 말을 적어 넣고 싶다. 그것은 '세계'나 '태양'같은 말, 마법과 음향으로 가득 차고 더 충만하며 더 풍부한 말, 완전한 성취와 완벽한 지식의 의미를 지닌 말이어야 한다.

마침 오늘을 위한 주문과도 같은 말이 떠오른다. 나는 그 말을 이 종이 위에 커다랗게 쓴다. '모차르트.' 그것은 세계가 의미를 지니고 있으며 우리는 그 의미를 음악에 비유하여 인지할 수 있다는 것을 의미한다.

나는 일을 하고 싶다. 공부하기, 일기 쓰기, 편지 읽고 쓰기, 새로 나온 책 읽기, 그림 그리기 등 하루 종일 여러 가지 일을 하고 있기는 하다. 하지만 그런 일은 모두 자료를 모으거나 내일을 준비하고 오늘을 정리하는 일에 불과하다. 그런 것은 일이라고 할 수 없으며 집중력도 필요로 하지 않으니 작업이라고 할 수도 없다. 일다운 일을 하지 않는 시간, 즉 예술적 또는 철학적 작업에 필요한 긴장감과 집중력이 결여된 시간은 견디기 힘들다.

인도를 배경으로 하는 나의 소설《싯다르타Siddhartha》가 제대로 쓰이지 않아 한참을 중단한 채 그대로 방치한 지 수개월이 되었다. 나는 그 소설을 더 이상 쓸 수 없다는 것, 그리고 뭔가 새로운 것이 나타날 때까지 기다려야만 한다는 것을 깨닫게 된 날을 아직도 생생히 기억한다. 그 작품은 큰 포부를 가지고 시작하여 순조롭게 잘 진척되다가 어느 순간 갑자기 막혀 버렸다. 비평가나 문학사가들은 그런 경우를 보면 작가의 기력이 약해지거나 감정이 고갈되었다고 평가하거나, 작가가 집중력을 상실해서 그런 것이라고 말해 버린다. 그들은 그처럼 단순하기 짝이 없는 평을 해가며 괴테의 전기를 수없이 반복해 읽고 검토하는 것이다.

알보가시오 Albogasio

하지만 내 경우는 간단하다. 내 소설 《싯다르타》에서는 내가 체험한 바, 즉 지혜를 구하면서 자신을 괴롭히고 고행하는 젊은 브라만의 감정을 글로 옮길 때까지는 모든 것이 순조롭게 진행되었다. 그러나 인내자와 고행자로서의 싯다르타를 뒤로하고 승리자와 아첨꾼, 정복자로서의 싯다르타를 묘사하려고 하자 더 이상 글이 써지지 않았다. 그럼에도 불구하고 나는 계속해서 그런 모습의 싯다르타를 묘사하게 될 것이며 결국 그는 그런 사람이 될 것이다.

1921년 1월경

요즘 독일제국의 대학생들이 단호하고 분노에 가득 찬 어조로 쓴 증오의 편지를 계속해서 나에게 보내 오고 있다. 꼭두각시처럼 표정도 없고 감정도 느껴지지 않으며 무례하기까지 한 그들의 편지들은 한 장만 읽어 봐도 충분하다. 그러면 나는 나 자신이 그래도 얼마나 건전한 편인지, 또 내가 얼마나 그들의 신경을 건드리며 그들을 흥분시키고 곤경에 빠뜨리고 있는지 알게 된다. 뿐만 아니라 내 글에서 위험이나 사색, 정신, 인식, 냉소, 상상과 같은 것들을 불러일으키는 유혹이 얼마나 많이 느껴지는지도 알 수 있다.

그러나 그들이 내세우는 신조, 그리고 편지에 담겨 있는 사상, 아니 어리석은 생각을 읽고 있노라면 서글픈 마음을 금할 수 없다. 최근 할레 출신의 어떤 학생이 나에게 편지를 보내왔다. 그 학생은 나에 대한 자신과 동료 학생들의 극단적인 경멸감을 퍼붓고, 마치 신앙고백을 하듯, 자신이 신봉하고 삶의 모범으로 삼고 있는 독일인들의 이름을 줄줄이 읊어 대는 편지를 써 왔다. 그가 신봉한다는 인물은 칸트, 피히테, 헤겔, 바그너 등등이었다. 괴테나 횔덜린, 니체, 그림 형제, 아이헨도르프의 이름은 끼어 있지도 않았으며, 음악가 중에서는 모차르트나 바흐, 슈베르트도 찾아볼 수 없었고 오로지 바그너만 언급되어 있었다. 이 얼마나 단순하고 황폐하며 빈약한 정신 세계인가! 인내하라, 싯다르타여!

하지만 인내하는 것은 어렵다. 인내는 사람에게 있어 가장 어려운 고행이다. 하지만 그것은 가장 힘든 일이면서 그와 동시에 유일하게 배울 가치가 있는 일이다. 이 세상의 자연과 성장, 평화, 번영, 아름다움은 모두 인내에 바탕을 두고 있으며 인내는 시간과 침묵, 그리고 신뢰를 필요로 한다. 뿐만 아니라 인내는, 개인의 일생보다 훨씬 더 오랜 시간이 걸리는 과정도 참고 기다릴 줄 아는 믿음이 필요하며, 개인의 판단으로는 접근할 수 없는 것과의 연관성도 고려해야 하는 지혜도 필요하다. 또한 '인내'와 더불어 말할 수 있는 것은 신앙, 지혜, 천진난만함, 그리고 소박함이다.

자기 자신을 조금이나마 파악하는 데 얼마나 오랜 시간이 필요한가? 자기 자신을 안다고 말할 수 있으며, 초자아적인 의미에서 스스로의 생각에 동의하는 데에는 또 얼마나 오랜 시간이 걸리는가 말이다. 우리는 끊임없이 자기 자신을 상대로 싸우고 매듭을 풀었다가 또다시 매듭을 짓고는 한다. 그런 행위가 마침내 끝이 나면 완전한 이해와 흠 없는 조화, 그리고 완결된 미소와 긍정적인 대답을 얻을 수 있고 목표가 마침내 달성되면 우리는 비로소 미소를 지으며 숨을 거둔다. 그것이 바로 죽음이며 이생의 삶을 다하고 환생하기 위해 실체가 없는 곳으로 기꺼이 들어가는 것이다.

나는 그 정도까지는 미루어 짐작할 수 있다. 하지만 나에게 있어서 죽은 후 다시 살아나지 않는 것, 즉 모든 것을 성취한 후에 모든 것에서 벗어나 진정한 열반의 길로 들어서는 것과 같은 상태는 아직 완전하고 진정한 의미에서(단순히 지쳐서 휴식을 갈망하는 의미가 아니라) 납득하거나 상상할 수 있는 것이 못된다. 싯다르타는 자신이 죽으면 열반이 아니라 새로운 윤회, 즉 새로운 형상으로 환생하기를 원할 것이다.

나는 일기를 열 권 이상 쓸 생각이다. 서너 권은 이미 착수한 상태다. 일기책에 '탕아의 일기', '유년 시절의 원시림', '꿈의 책'이라는 이름도 붙여 주었다. 앞으로 화가의 일기와 음악 일기, 삶에 대한 본능과 죽음에 대한 동경 사이의 오래 묵은 갈등에 대한 일기, 자살자의 일기를 계속 쓸 것이다. 어쩌면 나는 개인적인 생각을 일반적인 것으로 변환해서 자연, 정치, 역사에 적용시키기 위해 그 척도를 찾는 사색의 일기를 쓰게 될지도 모른다. 그러고 나서 잠시 다성음악多聲音樂과 양극

성을 가지고 시험해 보기 위해, 또 영혼의 둥근 모습과 다면성을 어떻게든 기록하기 위해 다른 일기를 서너 권 더 쓸 수도 있을 것이다. 하지만 가장 사소한 것도 너무 방대해져 버리고 가장 간단한 것도 너무 복잡해져서 일이 뜻대로 진행되지 않는다. 손가락이 스무 개는 되고 하루가 100시간은 되어야 이 모든 것들이 가능할 것이다. 팔을 열 개 내지 스무 개는 갖고 있었을 인도의 신들이여, 그대들은 얼마나 진실로 원했던가?

그 열 권의 일기를 모두 완성시키려면 아무것도 하지 말고 오로지 글만 써야 한다. 잠자거나 꿈을 꿔서도 안 되고 그림을 그리거나 음악을 연주해서도 안 된다. 우정이나 사랑, 허기, 성性, 충만한 삶과는 무관하게 살아야 한다. 하지만 그럴 수는 없다. 하루가 1,000시간이라면 얼마나 좋을까!

물론 무리하지 않도록 절제하면서 나름대로 요령을 부리고 가능한 범위 안에서만 일을 하는 기쁨을 터득할 수도 있다. 그러나 아무리 노력을 많이 한다고 해도 그 노력은 학교 선생님이 괴테의 노력을 평가하는 기준과는 엄연히 다르다. 이런 상황에 그런 노력을 기울이는 것이 무슨 의미가 있을까? 여섯 줄의 선으로 이루어진 연필 스케치나 네 줄의 시와 같이 아무리 하찮은 예술 작품도 과감하고 맹목적으로 불가능한 것을 시도하고 단호하게 뛰어들어 호두 껍질 안에 숨어 있는 혼돈을 창조해 내려 한다!

그것이 바로 예술가의 고뇌다. 그들은 인내와 열성, 애정

〈마돈나 돈제로〉 성당에 이르는 길 Madonna d'Ongero Kirche

을 가지고 시나 그림, 소설 등의 작품을 형상화한다. 그와 더불어 세상은 매시간 더 풍부해지고 충만해지며 다양해지지만, 그래도 예술가는 자신의 암담한 현실 속에서도 계속해서 자신의 작품을 만들어 내면서, 매일 그리고 매시간 홍수처럼 밀려오는 꿈과 생각들을 억눌러야 한다. 원하던 것의 천 분의 일도 표현하지 못할 정도로 빈약한 멜로디로 창작이라는 것을 하기 위해! 창작에 대한 강박 관념은 끔찍하다. 그것은 시도를 거듭할수록, 또 작품을 많이 쓸수록 더 심각해지고 가슴은 불행과 체념으로 가득 차게 되며 정신은 광포해지고 강렬해진다.

그리고 마침내 결과가 나온다. 그 결과란 글쟁이의 평가나 시민의 박수갈채, 어느 소녀의 편지와 같은 '성과'를 의미하는 것이 아니라 —그러한 오해는 우습지만 참을 만하다— 실제의 결과, 즉 마침내 예술가 앞에 놓여 있는 '작품' 그 자체를 가리키는 것이다. 그토록 하찮고 아무것도 아닌 작품 말이다. 세상에는 자기가 완성한 작품을 사랑하는 예술가도 있다고 한다. 도대체 그것이 어떻게 가능할까?

문학 작품을 참회의 고백으로 이해한다면 —현재의 나로서는 그렇게밖에 이해할 수 없지만— 예술은 멀고 다양하며 꼬불꼬불한 길이라고 할 수 있다. 그 길의 목표는 점점 힘이 빠져 완전히 탈진해 버릴 정도로 개성 혹은 예술가로서의 자아를 완전하고도 구석구석 낱낱이 표현하는 것이다. 그러고

나면 더 고차원적인 것, 이를테면 개인이나 시간을 초월하는 것이 뒤따를지도 모른다. 예술은 평범의 차원을 뛰어넘을 것이고, 예술가는 성인聖人이 될 정도로 성숙해질 것이다. 그런 경지에 이르게 된다면, 예술이 예술가에게 끼치는 영향은, 예술가 본인의 인격에 있어서만큼은 고해나 심리 분석이 할 수 있는 기능 이상의 것을 이루는 셈이 된다. 니체의 후기 작품이나 스트린드베리의 고백서, 플로베르의 글은 모두 그와 같은 의미를 지니고 있다.

예술가의 종착지이자 목적지는 이제 더 이상 예술 행위나 작품이 아니라 자기 자신을 잊고 단념하는 것, 그리고 영혼의 평온함을 누리며 기품 있게 존재하기 위하여 콤플렉스에 사로잡혀 늘 고뇌하고 편협한 시각으로 세상을 바라보는 자아를 희생하는 것이다. 개인을 초월하는 자아, 즉 세상과 시간이 더 이상 사적으로 반응하지 않고, 정신적인 상태에서 세상의 혼돈이 음악으로 바뀌고 그로 인해 성인으로 발돋움하는 것이 예술가의 목표일 것이다.

다만, 예술가에서 성인으로, 고백과 참회에서 신의 품 안에 안식하는 것으로 이르는 그 길이 진정한 길인지, 또 그 길이 과연 가능한 것인지, 그리고 그 길을 따라 가면 목적지에 다다를 수 있을 것인지가 의문으로 남는다. 사실 나도 그것은 잘 모르겠다. 나 스스로도 그 길을 가고 있고, 또 앞으로도 가야 하지만, 그럼에도 불구하고 나는 그 길에 대해 매우 회의적

오두막 Hütte

이다.

인간은 자기 무의식이 표현하며 드러내는 의미와 그 중
요성에 스스로 매료됨으로써 심리 분석을 할 때에는 자기 자
신을 잊고 그것에 온전히 빠져들 수 있다. 그와 동일 선상으로
예술가는 참회의 고백을 할 때 스스로를 내던지고 자신의 진
심을 말하며 쉴 새 없이 자기감정을 토해 냄으로써 자신의 편
협한 자아와 점점 더 깊은 유대관계를 맺으며 자신의 문제와
고뇌, 그리고 콤플렉스에 점점 더 깊이 끌려 들어갈 수도 있
다. 결국 그것은 예상과 정반대되는 결과를 초래하여 그 예술
가를 성인과는 정반대의 존재로 만들어 버리기도 한다(여기에
서 밝혀 두는 바이지만, 내가 생각하는 '성인'이란 기독교에서 말하는 그
것과는 어느 정도 차이가 있다. 내가 '성인'이라고 할 때는 정의로운 사
람을 말하는 것이 아니라, 신과 마음이 일치하는 경건한 사람, 자신의 감
각이 전해 오는 것을 모두 신의 섭리, 즉 필연적인 것으로 순순히 받아들
일 수 있는 사람, 상반되는 두 가지를 하나로 보고 모든 관점에서 극단적
으로 대립되는 것을 동등한 것으로 인정하는 능력이 있는 사람을 가리킨
다).

한 가지 문제점이 있다면 그것은 예술가의 고백이—예술
가가 거기에 어떤 의미를 두든 상관없이—결코 순수한 고해가
될 수 없다는 사실이다. 순수한 고해란 단순히 억누르던 감정
을 터뜨리는 것이며, 해방이자 단념 그리고 폭로다. 그에 반해
예술가의 고백은 언제나 자기변명으로 치우치는 경향이 있다.

예술가는 고해를 과대평가하고, 그것에 이 세상의 그 무엇과도 비교가 되지 않을 만큼 애정을 쏟고 세심한 주의를 기울인다. 고백이 솔직하고 신중하며 또 완벽하고 가치 없는 것일수록 다시 온전한 예술, 온전한 작품, 온전한 자기 목적이 되는 것은 더 어려워진다. 예술가는 자신의 고백에 몰두하고 자신의 과제와 자신이 이룬 성과 전체를 자신의 고해에 옮겨 놓음으로써 늘 자신의 개인적인 일에서 벗어나지 못하고 그 주위를 방황하는 경향이 있다. 어차피 예술가는 자신의 인생에서 이룬 성과와 자기변명을 모두 자신의 작품에 옮겨 놓고, 그 때문에 자신의 작품이 지니는 의미를 과장할 수밖에 없는 사람이므로 어쩔 수 없는 일이다.

성인의 고백을 문인의 그것과 비교해 보면 그 차이가 금방 뚜렷해진다. 이를테면 아우구스티누스와 루소를 비교해 보자. 한 사람은 신에게 자신을 내맡겼기 때문에 스스로를 희생시키고 있는 한편, 또 한 사람은 자기 자신을 변명하고 있다. 두 사람은 같은 동기를 가지고 출발점에 섰으나 그들의 종착지는 완전히 극과 극이었다. 한 사람은 성인이 되고 또 한 사람은 문인이 되었다. 한 사람은 자기 개인을 극복하여 위대한 인물이 되고, 또 한 사람은 자신의 콤플렉스에 사로잡혀 흥미로운 사람에 그치고 말았다. 내 생각에 니체는 그 두 사람의 중간쯤 되고, 스트린드베리는 루소에 아주 가깝다.

예술가인 나에게도 오래되고 확실하며 쉬운 길이 당연히

더 나을 것이다. 숱한 경험으로 쌓아 온 자아를 일말의 고민도 없이 단칼에 단념하는 것은 그리스도의 삶을 모방하는 것에 불과하다. 무엇 때문에 내가 그 쉬운 길을 가지 않는지, 또 그 길이 내게 닫힌 모습으로 존재하는(영원히 그렇든, 지금 일시적으로만 그렇든 간에) 이유가 무엇인지 아직 모르겠다. 물론 그 길을 걷는 것으로 인해 내 삶이 지금보다 더 힘들어지거나 까다로워지고 고통스러우며 불확실해지지는 않을 것이다. 그런데도 그 길은 내게 열려 있지 않다. 하지만 나는 그 길만이 성인에 이르는 유일한 길이라는 것을 잘 알고 있으며 성인의 모습이야말로 지금 내가 가장 동경하는 이상의 모습을 하고 있다.

종교적 전통을 따르는 건실한 사람, 이를테면 가톨릭 신자로서 성장했더라면, 나는 아마도 평생 그러한 삶의 모습을 고수했을 것이다. 그러나 내가 독실하기는 하지만 철저히 개신교적이며 종파주의적인 전통을 이어받은 이유는 나의 출신과 운명이 그것을 이미 정해 놓은 덕분이다. 물론 그것은 결코 우연이 아니었으며 내가 원하던 바였다. 나는 스스로 그러한 출신과 종파를, 그리고 종파주의 및 종교 개혁의 정신과 더불어 그와 같은 운명을 선택했다.

내가 태어나던 시각에 토성과 화성, 목성과 달이 떠 있었던 것처럼, 신앙심 깊고 경건한 부친과 개신교의 전통인 세례식이 나를 위해 준비되어 있었다. 뿌리가 견고하고 세속적이지 않은 종교의 기쁨과 안락함을 내 삶의 지주로 삼는 것은 나의 운명으로 정해진 것도 아니었고, 내가 계획했던 바도 아니었지만 사람들을 선동하고, 과열된 양상을 띠며, 단기적으로는 자기 자신을 파괴하기도 하는 불행한 종교 속에서 성장하는 것이 어쩌면 내게 더 맞았을지도 모른다. 그렇게 나는 그것을 원했고, 내 육체나 조국, 언어, 나의 실수와 재능을 받아들인 것에 의문을 품지 않았던 것처럼 나는 그것을 기꺼이 받아들였던 것이다.

나는 벌써 20년 가까이 인도에 몰두해 왔고, 이제는 새로운 시점에 이른 듯하다. 지금까지 나의 독서와 새로운 것에 대한 탐구 그리고 공감은 거의 사색적이며 순전히 정신적인 베단타[11]와 불교의 인도 철학에만 국한되어 있었다. 그리고《우파니샤드Upanisad》[12]와 붓다의 가르침이 이 세계의 중심에 있었다. 이제야 비로소 나는 종교적인 의미에서 인도의 신인 비슈누[13], 인드라[14], 브라흐마[15], 크리슈나[16] 등에 더 가까이 접근하고 있다. 그래서 이제는 불교 전체가 기독교의 종교 개혁에 해당하는 인도의 종교 개혁과 같은 것이라는 생각을 점점 강하게 하고 있다.

나는 붓다를—훨씬 더 심오하기는 하지만—루터와 비교할 수 있을 것 같다. 물론 고대 인도의 승려 및 브라만 계급과 붓다와의 관계에 한해서 말이다. 불교가 거대한 물결을 이루며 전파되는 과정은 유럽에서 종교 개혁이 파급되던 과정

밤나무 숲속의 선술집 Kneipe in Edelkastanie waldein

과 매우 흡사해 보인다. 그 두 가지 모두 인간의 정신과 내면의 세계에서 출발하고 있다. 개인의 양심이 가장 중요한 요체가 되었고, 피상적인 제례 의식이나 신의 은총을 돈으로 사는 폐해, 마법, 제물을 바치는 의식은 시간이 지나면서 사라졌다. 승려 계급은 영향력을 상실하고 개인의 사고와 양심이 구식의 권위에 맞서게 되었다.

그러나 많은 시련과 고난으로 인해 충격을 받은 구시대의 가르침이 자체적으로 내부 개혁을 실현하여 새로운 모습으로 탈바꿈한 반면, 새로운 교리는 어느새 진부해져서 교회와 민족 종교로 다시 퇴화해 버리고 말았다. 그리고 오래되고 소박한 구교는 오히려 더 오래 지속되는 종교적 면모를 과시한 반면, 새로운 힘이 몇백 년도 가지 못해서 개신교 교회가 타락하고 고루해진 것처럼 불교 역시 옛날 신들을 다시 숭배하는 추세에 밀려 쇠퇴하게 되었다. 쫓겨났던 비슈누와 인드라가 다시 돌아오고, 또 다른 신들이 계속 탄생하여 사람들로부터 숭배를 받고 거대한 예술 자금의 소재가 되어 환영받았다.

한편 한동안 세상을 구원하며 승려 계급이 지배하는 것으로부터의 탈피를 의미했던 불교의 순수하고 정적이며 신성한 가르침은 이제 더 이상 그들의 교리와 제례 의식만으로는 민중의 마음을 사로잡지 못하는 종파가 되어 버렸다. 인도에서도 그랬지만 유럽에서도 신성함은 사라졌고, 겉으로 보기에 더 순수하게 여겨지고, 영적으로 보이며, 기독교적인 종교는 '종교'로 남지 못하고 철학이나 과학 혹은 궤변이 되었다. 물론 종교 개혁 이후에도 살아남아 오늘날까지도 그 명맥을 유지하고 있는 가톨릭 교회 역시 브라만교와 마찬가지로 창조적인 힘을 전혀 보여주지 못하고 있는 실정이다.

종교 개혁이 있기 전의 가톨릭 교회와, 불교 정신보다 앞섰던 다신 숭배자들이 가지고 있었던 것들은 아름다움을 추구하거나 다양한 형태로 예배를 드리는 것과 같은 의식이 전부는 아니었다. 가톨릭 교회와 다신 숭배자들은 무엇보다도 유연하게 생각하고, 그것과 비교가 되지 않을 정도로 뛰어난 적응력이 필요했다. 반면 개혁자들로 이루어진 청교도 신앙은 소수의 사람만이 할 수 있을 법한 자기희생을 요구한다. 자기희생은 그 소수의 사람들조차 아주 드문 경우에만 할 수 있는 것이다.

욕구, 혹은 희망 사항을 포기하고 자기 자신을 희생하는 것은 내게는 아주 힘든 일이며, 혹여 그렇게 했다고 하더라도 언제나 그 희생은 불완전한 모습에 그칠 뿐이다. 그러나 헌금을 하거나 기도, 화환 장식, 춤, 무릎을 꿇고 절을 하는 것만큼은 내가 언제라도 내 고집을 버리고 따를 수 있는 것들이다. 때로는 그처럼 겉보기에만 번드르르하고 진심 없고 기계적인 희생도 나 자신을 바치는 것과 정신적으로 일치한 것이라는 취급을 받기도 한다.

카로나 Carona

루터 시대의 성직자는 미사를 거부하고 봉헌을 하지도 않았다. 가톨릭 미사는 어디에서나 이뤄질 수 있으며 누구나 미사복만 입으면 곧바로 가톨릭 성직자가 될 수 있다. 그런데 개신교의 성직자는 길고 힘든 설교를 함으로써 자신이 성직자임을 증명해야 하는데도 불구하고 아무도 그를 성직자로 봐주지 않는다. 개혁적인 생채가 짙은 종교는 그렇게 좋지 못한 시선을 견뎌 내야 하는 열등감을 가르치고 있다.

1921년 2월 17일경

지난밤 나는 이상한 꿈을 꾸었다. 내가 기억하기로 나는 지금까지 추락하는 꿈을 꾸면서 추락 끝에 잠에서 깨어나지 않은 적이 한 번도 없었기에 그것을 이상한 꿈이라고 하는 것이다. 이번에는 잠에서 완전히 깨어나지 않았다.

그 꿈 이야기를 하자면 이렇다. 나는 여러 명의 일행과 함께 마차를 타고 시골길을 달리고 있었다. 길이 급커브를 돌아야 하는 지점에 이르렀을 때 나는 갑자기 우리 마차를 끄는 말들이 커브를 돌지 않고 직진하여 낭떠러지로 떨어지는 것을 보았다. 그 순간에 우리도 이미 공중으로 추락하고 있었으며, 모두들 소리도 지르지 못하고 얼굴만 창백해졌다. 우리는 몸 서리쳐지는 긴장감 속에서 몸이 바닥에 부딪히게 될 순간을 기다려야 했다. 추락하기까지 오랜 시간이 걸렸고, 그 와중에 우리들 가운데 누군가가 외쳤다. "부딪힌다!" 결국 우리는 바

닥에 내동댕이쳐졌고 나는 의식을 잃었다. 내가 살아 있는 깃
같기는 했지만, 몸은 멀쩡하지 않았다. 나는 혼수상태에서 깨
어날 때 과연 어떤 기분일지 그 순간을 초조하게 기다렸다. 그
러고 나서 나는 잠에서 아주 서서히 깨어났고 어디가 아프거
나 마비된 것 같은 꺼림칙한 기분을 느꼈다.

오늘은 아주 오랜만에 누군가 나를 찾아왔다. 땔나무를
아낄 요량으로 식사를 마치고 평상시처럼 겨울 산책을 하고
온 후였다. 소리 없이 내리는 눈 속에서 두 시간 가량을 돌아
다니다가 다시 집으로 돌아온 나는 벽난로에 불을 피우면서
생각했다.

'베를린 아니면 미국에 있거나 이미 오래전에 죽을 수도
있었는데, 나는 또다시 이곳에 앉아 있다. 나의 행동과 삶은
아무에게도 도움을 주지 못하고 아무런 결실도 없이 그냥 쓸
쓸하게 사라져 가고 있구나.'

그때 문 두드리는 소리가 나서 나는 마지못해 몸을 일으
켜 문을 열었다. 문밖에는 한 낯선 여인이 서 있었다. 나를 찾
아온 그녀는 집 안으로 들어오더니 이름도 대지 않고 벽난로
앞에 앉아 곧바로 이야기를 하기 시작했다.

그녀는《데미안Demian》을 읽었기 때문에 나에 대해 이미
알고 있었다. 고해성사를 하고 싶은 욕구라도 느끼고 있는 듯
그녀는 자신의 결혼 생활에 대해 털어놓았다. 그녀는 방금 남

편한테서 도망쳐 나온 참이었다. 그녀의 이야기 가운데 많은 것들이 내게 친숙하게 느껴졌고, 또 어떤 것들은 새롭고 이상하게 느껴지기도 했다. 3시간 가까이 앉아서 이야기를 하는 동안 그녀는 매우 힘들어하면서 가끔씩 한숨을 내쉬었다. 나는 거의 아무 말도 하지 않고 줄곧 그녀의 말에 귀를 기울였다.

마침내 그녀의 이야기가 끝나자 나는 괴로워하는 사람들이 필요로 하는 위로의 말을 친절하고 조심스럽게 그녀에게 들려주었다. 그러자 그녀는 마음이 가벼워진 듯한 얼굴로 돌아갔다. 오늘 오후는 그래도 허무하게 지나가지 않고 뭔가 결실이 있었다고 자부해도 괜찮을지 모르겠다.

하지만 세상에 고해성사를 듣는 신부나 목사 역할을 하는 것만큼 힘든 일도 없다. 간혹 자신의 속마음을 털어놓고 싶은 욕구 때문에 나를 찾아오는 사람들이 있다. 그런 일은 나를 힘들게 할 뿐만 아니라 곤경에 빠뜨리거나 해를 입히는 경우가 많다. 불쌍한 사람이 내게 자기 이야기를 털어놓을 때 내가 그에게 해줄 수 있는 말은 솔직히 이런 것뿐이다.

"정말 슬픈 일이군요. 살다 보면 그렇게 슬픈 일이 많지요. 저도 그럴 때가 많습니다. 슬픔을 견디려고 애써 봐도 아무 소용이 없으면 포도주를 한 병 마셔 보세요. 그것도 전혀 도움이 되지 않으면, 머리에 대고 총을 쏘는 방법도 있다는 것을 잊지 마십시오."

하지만 차마 그런 말은 할 수가 없으니 나는 위로의 말과

붉은 정자 Rotes Gartenhaus

삶의 지혜 따위를 늘어놓기 바쁘다. 내가 실제로 몇 가지 진실을 알고 있다 하더라도 그것을 큰소리로 말하거나 현실적으로 당면한 고통을 치유하는 명약인 양 떠들어 댄다면 그것은 이론에 불과하며 공허한 몸짓이 되고 만다. 그럴 때는 갑자기 나 자신이 그저 상투적인 말로 사람들을 위로하면서 뭔가 시시한 일을 하고 있다는 비참한 기분에 휩싸인 목사가 된 것 같은 기분이 든다.

지난해, 그러니까 1920년은 내 생애에서 가장 비생산적인 해였다, 뿐만 아니라 가장 심한 충격을 받은 것은 아니었지만 가장 슬픈 해이기도 했다. 1921년 올해 역시 비슷하게 지나가고 있다. 점성술이—적어도 엥글레르트[17]와 같은 사람이 점을 칠 때는—그런 운세를 정확하게 맞히는 것을 보면 정말 신기하다. 점성술로 본 내 운세에 의하면 좋지 못한 상태가 오래 지속될 것이며, 심리적으로 심각한 압박감과 우울증에 시달릴 것이라 하였다. 나는 목숨을 내던지지 못하고 계속 부지해 가는 것이 너무나 힘들게 여겨질 때가 많다. 그럴 때면 이렇게 사는 것이 공허하고 무의미해진다.

지금으로부터 2년 전이 나의 마지막 전성기였다. 1919년 9월까지 나는 내 생애에 가장 충만하고 풍요로우며 열정적인 시기를 보냈다. 그 해 1월에 나는 《어린이들의 영혼kinderseele》을 탈고하였고, 같은 달에 3일 밤낮을 꼬박 매달려 《차라투스트라의 재래Zarathustras Wiederkehr》를, 그리고 이어서 희곡 《귀향

Heimkehr》을 완성했다. 그 당시 내 생활은 매우 분주했고 내 아내는 정신병원에 있었다. 4월에는 베른을 떠나야 할 일이 생기면서 내 아내를 비롯한 모든 가족들과 헤어져 내적으로나 외적으로 모든 것이 근심과 난처한 일투성이였다. 그래도 테신으로 이주하자마자 나는 《클라인과 바그너Klein und Wagner》를 집필하기 시작했고 그 작품을 다 쓰기도 전에 《클링조어의 마지막 여름klingsors letzter Sommer》을 쓰기 시작했다. 그와 더불어 나는 매일같이 그림을 그리는가 하면 많은 사람들과 활발한 교류를 하기도 했다. 또 두 번의 연애 사건을 겪었고 술집에서 포도주를 마시며 밤을 지새우는 날이 많았다.

그렇게 모든 일에 열정적이던 내가 마치 달팽이처럼 느리게 그리고 절제하면서 지내게 된 지도 벌써 일 년 반이나 되었다. 여전히 하는 일이 많기는 하지만(편지를 주고받거나 연구, 독서, 서평 쓰기 등과 같이 기계적인 일뿐이다) 생산적인 것과는 거리가 멀다. 활활 타오르던 정열의 불꽃은 완전히 사그라졌다. 그런데 우습게도 내게는 죽음과도 같은 1920년에 나의 저작물이 잇달아 출판되었다. 사람들은 내게 축하를 해 오거나 그와 같은 다작에 질렸다는 듯 머리를 설레설레 흔들기도 한다. 그러나 그것도 다 옛날 일이다. 실제로 짤막한 논문 몇 편과 그 동안 손을 놓고 있던 《싯다르타》의 제1부를 제외한다면 그때부터 지금까지 나는 아무것도 한 일이 없다.

오늘은 또다시 정도가 지나치다고 느껴지는 증오의 편지를 한 통 받았다. 그 편지를 보내 온 사람은 뮌헨에 거주하는 의사이며 아마추어 시인이기도 했다. 그는 나를 반대하는 문학 캠페인을 시작했다는 것을 내게 알리면서 늘 그랬듯이 나에게 비난을 퍼붓고 있었다. 그가 나를 그렇게 비난하는 이유는 너무나 명백했다. 일 년 전 내가 루가노에 머물고 있을 때 그는 내 환심을 사려고 무던히 애썼으나, 나는 그것을 거절한 일이 있었기 때문이다. 어쨌든 그처럼 무례하기 짝이 없는 편지를 읽고 나면 나에게는 분노와 불쾌한 기분이 꽤 오랜 시간 동안 남아 있음에도 불구하고, 그런 편지를 쓴 사람은 도대체 어떤 심리 상태를 가지고 있는 것일까 하는 궁금증이 나를 수수께끼의 바다에 빠지게 만들고는 한다.

　　그런 사람들은 나의 관심사는 타인에게 영향력을 끼치고 명성을 얻어 '지도자'가 되는 것이라고 생각하고 있다. 나도 익히 알고 있는 바이지만, 사람들이 그런 착각을 하는 이유 중 상당 부분은 내가 〈생명의 외침Vivos voco〉[18)이라는 잡지의 공동 발행인으로 활동하는 것을 오해한 데서 비롯된 것이다. 그러나 그것만으로 수수께끼가 완전히 풀린 것은 아니다. 내가 그런 편지를 받고 웃어넘기기는 하지만 때때로 불쾌한 느낌이 여전한 것을 보면, 분명 내게도 어떤 오해나 착각이 있을 것이다.

　　내가 정말 그런 사람들이 사는 세계로부터, 혹은 문학이

나 정치, 언론 등등이 벌이는 야단법석과 경쟁으로부터 너무나 멀리 떨어져 있어서 그 세계의 언어를 전혀 이해하지 못하고 있는 것일까? 아니, 그럴 리는 없을 것이다. 내가 더 이상 그런 세계와 공유하고 있는 것이 아무것도 없을지는 몰라도, 나는 지금까지 그 세계를 이해하기 충분할 만큼 그곳의 공기를 마시고 느끼며 살아왔다. 그러므로 나는 그 세계에 사는 사람들로부터 어떤 말을 듣더라도 어깨를 한번 으쓱하고 미소를 지어 보일 수 있어야 하며, 그리고 나서 일 분도 채 되지 못해 그런 사실을 다 잊어버려야 마땅하다. 그런데 나는 왜 그렇게 하지 못하는 것일까? 내게 어떤 오해 내지 콤플렉스가 있거나 내 시각이 왜곡되었기 때문에 그런 것일까? 아니면 단지 근원적인 죄책감 혹은 내 안에 잠재한 슬픔 때문에 그런 인신공격이 내 마음을 뒤흔들어 놓는 것일까? 마치 처참한 광경이나 끔찍한 질병, 공장 연기에 검게 그을린 도시를 만나게 될 때, 삶이 아무런 가치도 없다거나 삶이라는 것이 아예 존재하지 않는 편이 더 낫겠다는 느낌에 사로잡히는 것처럼.

나는 내게 편지를 보내 오는 사람들이 눈에 내가 어떤 모습으로 비치고 있을까에 대해 생각해 보았다. 나는 '지도자'로서의 공명심은 전혀 없지만, 예술가로서의 명예욕이나 자만심에 관한 부분에서는 완전히 자유롭지는 못하다는 사실을 나 자신도 잘 알고 있다. 어쩌면 바로 거기에 문제가 있는

아뉴초 Agnuzzo

지도 모른다. 말하자면 나의 존재와 입장을 세상에 보여 주고 그것을 글로 표현하기 위해 열과 성을 다해 노력함에도 불구하고 사람들은 나를 너무나 오해하는 데에 실망한 나머지 그런 인신공격 하나에도 내가 너무 예민하게 반응하는 것일 수도 있다.

불교 신자들에게는 열반에 대해 논하는 것이 금지되어 있다. 붓다는 사람들에게, 열반이 소멸인지 아니면 신과의 합일인지, 또 부정적인 것 혹은 긍정적인 것인지, 축복인지 아니면 단순히 안식을 의미하는 것인지에 대해 말하는 것을 금지시켰고, 스스로도 그것을 거부하였다. 나 또한 그에 대해 논쟁하는 것은 쓸데없는 짓이라고 생각한다. 내가 이해하고 있는 열반은 개개인이 완전한 전체로 회귀하는 것이며 개체화의 원리 뒤로 물러나는 구원의 단계, 즉 종교적으로 표현하자면 개개의 영혼이 만물의 영혼인 신에게로 귀의하는 것이다.

또 다른 문제는 그와 같은 귀의를 간절히 바라고 그러한 삶을 추구해야 할지, 혹은 붓다와 같은 길을 걸으며 불교에 귀의해야 하는지에 관한 것이다. 신이 나를 세상에 나오게 하여 하나의 개체로서 존재하게 한다면 되도록 빨리 우주로 되돌아가는 것이 내가 해야 할 임무가 아닐까? 아니면 오히려 흘러가는 대로 나 자신을 내맡김으로써, 또 끊임없이 개체로 분열되어 다른 형상을 만들어 내고자 하는 신의 욕구를 만족시킴으로써 신이 이루고자 하는 바를 실현해야 하는 것인가?

완전무결하고 이성적인 붓다의 가르침은 이제 더 이상 내 마음을 사로잡지 못한다. 또한 내가 젊은 시절에 붓다의 가르침을 접하고 감탄해 마지않았던 것, 즉 너무나도 이성적이며 무신론적인 관념이라든지, 놀라운 정확성, 절대자의 존재나 그를 향한 완전한 복종 등을 찾아볼 수 없는 것이 오히려 지금 내 눈에는 결점으로 비쳐진다. 예수 그리스도가 그의 교리 안에 환생에 관한 문제(그는 분명 그것을 믿었다)와 열반을 전혀 개입시키지 않았다는 점에서 붓다보다 한 단계 앞서 있었다는 생각이 자주 든다.

가르베 교수[19]의 이론에 의하면, 인도 철학에는 여섯 가지 흐름이 있으며 그 여섯 가지 흐름은 모두 윤회에 대한 믿음을 가짐으로써 발생하는 오류에 근거를 두고 있다고 한다. 그러므로 그 교수는 수천 년 동안 인도의 현자들이 생각하고 믿어 온 것들 모두는 어리석은 것일 수밖에 없다고 단언하고 있다. 나는 가르베라는 인물과 그가 늘 트집 잡기를 좋아하는 성격이라는 것을 알고 있었으므로 전혀 개의치 않고 계속해서 그의 글을 읽어 나갔다.

거기에는 상캬라[20] 철학이 내세우는 이론에 대해 간단히 묘사되어 있었는데, 그 부분은 내가 10년 전에도 한 번 읽은 적이 있는 것으로, 열반의 기제 진행 과정을 상세하게 설명하고 있었다. 나는 그 글을 읽고, 붓다가 실제로 상캬라 철학의 이론을 알고 있었을 가능성이 대단히 높다는(가르베도 그렇게 추정하고 있다) 생각이 들었다.

상캬라 철학은 처음과 끝이 없는 두 가지 존재, 즉 물질과 정신을 인식하고 있다. 그리고 우리 인간의 몸속에 있으며 우리가 정신 그 자체로 오인하기 쉬운 가장 섬세한 기관(신경계를 말한다)이 물질과 정신 사이에서 중재 역할을 한다고 말한다. 변화는 오로지 물질에서만 일어나고, 모든 과정은 물질의 경우에만 진행되는 반면, 정신은 늘 변함이 없이 유지된다는 것이다.

나는 '구별하는 법'을 배움으로써, 다시 말해서, 나와 내 주변에 일어나는 모든 일이 나의 정신과 아무 상관도 없다는 것, 또 내가 그 체내 기관을 나의 진정한 자아와 혼동하고 있다는 것을 깨달음으로써 기쁨과 슬픔의 경지를 초월할 수 있다. 그 사실을 인식하고 그에 따라 삶을 살아간다면 나에게 환생은 일어나지 않을 것이다. 왜냐하면 영혼이 육체를 떠남과 더불어 무의식 상태가 시작되어 내 영혼이 영원히 존재하더라도 거기에는 의식이 없기 때문이다. 그러면 나는 더 이상 아무것도 느낄 수 없고, 나와 물질 사이에(뿐만 아니라 나와 환생 가능성 사이에) 접촉이 끊기게 되는 것이다.

이것은 말 몇 마디로 간단히 설명할 수 있지만, 실제로 심리학을 정교하게 분석하며 사색하는 방법은, 가끔씩 명상을 취하는 것과 더불어 희한하게도 요즈음 나에게 많은 도움이 되고 있다. 덕분에 나는 며칠 전에 "언젠가 너는 안식하게 될 것이며"[21]라는 구절로 시작하는 시를 짓기도 했다.

언젠가 너는 안식하게 될 것이며

언젠가 마지막 죽음을 맞이할 것이다.

너는 정적 속으로 들어가

꿈도 없는 깊은 잠을 자게 될 것이다.

죽음이 황금빛 어둠 속에서

자주 너를 부르며 손짓하고

너는 죽음에 가까워지기를 자주 갈망한다.

너의 조각배가 폭풍에 떠밀려 바다 위에서 떠다닐 때

머나먼 항구를 그리워하듯

그러나 아직 너의 피는 붉은 물결을 이루며

실제와 꿈 사이에서 너를 이리저리 흔들고

아직도 너는 삶에 대한 갈망과 열정으로 타오르고 있다.

저 높은 세계의 나무에 매달린

과실과 뱀이 달콤한 말로

너를 욕구와 허기, 죄와 쾌락으로 유혹하고

백 가지 화음의 노랫소리가

너의 가슴을 뚫고 무지개처럼 아름다운 곡을 연주한다.

쾌락의 원시림과도 같은 사랑의 유희가

너를 황홀경으로 끌어들이면

너는 그곳에서 취객이 되고 짐승이자 신이 되어

정처 없이 헤매며 흥분하고 지쳐 간다.
조용한 마법사인 예술이 황홀한 마술을 부려
너를 자신의 영역 안으로 이끌어
죽음과 탄식 위에 화려한 색의 베일을 그려 넣고
고통을 쾌락으로, 혼돈을 조화로 바꾸어 놓는다.
정신은 지고한 연주로 이끌어 올리면서
너를 별들과 마주 보게 세우고
너를 세계의 중심으로 만든다.
그리고 합창단에서 우주를 네 둘레에 배치시킨다.
동물과 원형질을 비롯하여 네게 이르기까지
정신은 조상이 다양한 혈통의 흔적을 보여 주고
너를 자연의 목표이자 종착지로 만든다.
그러고서 어두운 문을 활짝 열어젖힌 후
신을 가리키고 정령과 욕망을 가리키며
정신은 자신으로부터 감각계가 전개되는 모습과
무한한 것이 거듭 새롭게 형상화되는 모습을 보여 준다.
그러면 연주를 위해 산산이 부서진 세계가
비로소 다시금 너에게 호의를 베푼다.
너는 세계와 신 그리고 우주를 꿈꾸는 자이기에.

피와 욕망이 끔찍한 짓을 저지르는
암울한 곳으로도 길은 열려 있고

두려운 나머지 환각 상태에 빠지고 사랑한

나머지 살인을 하는 곳,

범죄가 성행하고 망상이 난무하는 곳,

그런 곳으로도 길은 열려 있으며

꿈과 실제를 구분하는 경계석조차 없다.

너는 그 여러 갈래의 길을 모두 가게 될지도 모르며

갖가지 유희에 빠져들지도 모른다.

그리고 가는 길마다 새로운 길이

훨씬 더 유혹적인 모습으로 이어져 있는 것을

보게 될 것이다.

재산과 돈이라는 것은 얼마나 근사한가!

그런 재산과 돈을 경멸하는 것은 또 얼마나 근사한가!

체념하고 세상에서 눈을 돌리는 것은

얼마나 근사한 일인가!

세상의 유혹을 열정적으로 좇는 것은

또 얼마나 근사한 일인가!

신을 향해 가다가 짐승으로 돌아오고,

어디서나 행복은 일시적으로 스쳐 지나간다.

이리로 또 저리로 가서 인간이 되고 짐승이 되고

나무가 되어라!

세상에 화려한 꿈은 끝이 없으며

모든 문은 네 앞에 무한하게 열려 있다.

삶의 진정한 아름다움

어느 문에서나 삶으로 충만한 합창이 올려 퍼지고
어느 문에서나 일시적인 행복이
일시적인 향기가 유혹하며 너를 부른다.
두려움이 너를 사로잡으면 체념의 미덕을 보여라!
가장 높은 탑으로 올라가 네 몸을 던져라!
그리고 너는 어디서나 길손에 불과하다는 것을
명심하라!
쾌락과 고통에서도 길손이며, 무덤 속에서도 길손임을
제대로 휴식을 취하기도 전에 너는 또다시
영원한 탄생의 강물로 내던져진다.

그 수많은 길 가운데 하나를
찾는 것은 어렵지만 예감하기는 쉽다.
세상의 모든 영역을 한걸음에 알아내는 자는
더 이상 실수를 저지르지 않고 최종 목적지에
도달한다.
그 길 위에서 너는 깨달음을 얻는다.
죽음이 결코 파괴시키지 못하는
너의 가장 내면적인 자아는
오직 네게만 속한 것이며
명성에 귀 기울이는 세상에 속하는 것이 아니다.
잘못 접어든 길은 너의 기나긴 순례 여행이었고

그 길은 이름 없는 오류의 감옥과도 같았다.

그리고 기적의 길은 언제나 네 가까이에 있었다.

어떻게 너는 그토록 오랫동안 눈먼 채로

길을 갈 수가 있었는가?

너의 눈이 기적의 길을 한 번도 보지 못하는

마술과 같은 일이 어떻게 네게 일어날 수 있었는가?

이제 마술의 힘은 사라지고

너는 깨어났다.

오류와 관능의 계곡에서

너는 멀리서 들려오는 합창 소리를 들으며

조용히 외부 세계로부터 돌아서서

너 자신에게로 내면의 세계로 향한다.

그러면 너는 안식하게 될 것이며

마지막 죽음을 죽게 될 것이다.

그리고 정적 속으로 들어가

꿈도 없는 깊은 잠을 자게 될 것이다.

영웅이 되고자하는 욕망과 그로 인한 미덕은 모두 억압에
지나지 않는다. 나는 소위 애국자라는 자들과 반도주의자들이
보내 오는 악의적인 편지에 대해 분노해서는 안 된다. 사실 그
들의 눈에는 내가 절대로 이야기해서는 안 되는 혼돈과 지옥
의 이야기에 관여하는 악마와도 같은 존재로 보일 것이 뻔하

삶의 진정한 아름다움

기 때문이다.

또한 재능과 마찬가지로 '미덕'이라는 것도 마치 비정상적인 크기로 사육한 거위의 간처럼 나름의 유용성을 가지고 있기는 하지만 어쨌든 그것은 위험할 정도로 영양이 과도하게 부어진 셈이다. 그에 필요한 정신적 에너지를 채우기 위해 다른 성향으로부터 빼앗지 않고 내 안에 있는 재능과 미덕을 표출시키는 것은 불가능하기 때문에 과도하게 부풀려진 미덕은 곧 억압받고 궁핍한 상태의 삶을 대비시키며 자신을 특별한 존재로 인식시키는 것을 의미한다. 이를테면, 감각적인 욕구를 희생시킨 지성, 혹은 이성을 희생시킨 감성이 만연해지도록 만들 수 있는 것처럼 말이다.

자유를 이루기 위한 나의 시도와 그로 인한 혼돈에 대한 나의 관심을 가지고, 나를 가리켜서 극단적 애국자나 반동주의자와 마찬가지로 대단히 위험하고 해로운 존재라고 치부할 수 있는 것인지 나는 정말 모르겠다. 내가 나 스스로에게 요구하는 것은 서로 대립되는 것들 뒤로 물러나 그로 인한 혼돈을 오롯이 받아들이는 것이다. 그것은 심리 분석이 요구하는 바와 같은 것이기도 하다. 즉 우리는 적어도 한 번은 스스로가 가지고 있는 판단 기준을 버리고 자기 자신을 있는 그대로 바라보아야 한다는 것이다. 무의식의 표현이 우리에게 보여주고 있는 그대로, 도덕심이나 의협심, 혹은 근사한 겉모습 따위는 모두 떨쳐 버리고 우리의 충동과 욕구, 불안, 고통을 있는 그대로 바라보는 것 말이다. 그것이 이뤄졌을 때 우리는 원점으로 돌아가 비로소 우리가 살아 내야 하는 실제의 삶을 위한 가치관을 세우고, 긍정과 부정, 선과 악을 명확하게 구분하며 규율과 금지 사항을 정하고자 노력해야 하는 것이다.

　하지만 누군가 그와 같은 길을 간다고 해서, 또 그가 혼돈을 스스로 받아들이고 본능을 따르며 거짓된 윤리 의식과 인연을 끊는다고 해서 앞으로 머지않아 그가 더 진실되며 나은 삶을 살거나 더 수준 높은 도덕을 발견하게 될 것이라고 단언할 수누 없다. 오히려 그 사람은 한 치의 망설임도 없이 원초적 욕구에 탐닉하며 완전히 자제력을 잃고 미치광이가 되어 버리거나 범죄자가 될 가능성이 훨씬 더 크다. 그럼에도 불구하고 나와 같은 사람이 그 혼돈의 길을 걷고 있다면, 그는 그런 최악의 가능성에 빠지지는 않을 것이라는 믿음은 도대체 어디에서 나오는 것인지 나 자신도 아직 모르겠다.

　아마도 내가 그렇게 믿고 있는 이유는, 내가 〈험난한 길Der schwere Weg〉이나 〈아이리스Iris〉와 같은 동화에 그러한 과정을 묘사해 놓은 것처럼 단지 내 마음속에 남아 있는 강박 관념과 도덕의식 때문일지도 모른다. 그 작품들 안에서는, 무의식적인 것에 관심을 기울이는 것은 낯선 힘과 관계를 맺는 것과 같다고 해석되어 있으며, 그것은 그저 외면하고 회피하는 것보다는 낫다고 생각한다. 다만, 그 무의식적인 것이 순례자를 삼켜버리는 것은 아닌지에 대해서는 아직 불분명하지만…….

삶의 진정한 아름다움

1921년 3월에서 6월

최근에 또다시 나의 행위와 삶을 확인해 주는 편지가 몇 통 도착했다. 이제 새로운 물결, 새로운 이론, 새로운 삶의 가능성과 같은 것이 펼쳐질 세계가 도래하고 있는데, 내가 바로 그것을 전도하는 자, 찾는 자, 혹은 최소한 그 실험 대상에 속하는 사람이라는 것이었다. 독일에서 최근 발간되는 잡지들은 그동안 내가 쓴 도스토옙스키에 대한 논문이나 차라투스트라에 관한 소책자뿐만 아니라 《데미안》에 대해서도 점차 장황한 기사를 싣고 있다.

그중 가장 흥미로운 것은 오스카 A. H. 슈미츠라는 작가가 보내 온 편지였다. 그는 예전부터 몇 권의 저서를 통해 기지가 넘치고 품위가 있으며 신사답기는 하지만, 깊이가 없고 문단에서 별로 인정받지 못하는 작가로 알려져 있었다. 여행이나 패션에 대한 기사와 사회 비판적인 글들을 주로 쓴 그는 어쨌든 평균 이상은 되는 작가였다. 내가 그의 글을 마지막으로 읽은 지도 이미 여러 해가 지났는데, 얼마 전 나는 융 박사를 통해 바로 그를 다시금 떠올리게 되었다. 융 박사가 내게 슈미츠의 신간인 《디오니소스 신의 비밀》에 상당히 놀라운 것들이 담겨 있다는 내용의 편지를 보내 왔던 것이다.

나는 그 책에 대해 알지 못했고, 또 슈미츠에 대해서도 아는 바가 전혀 없었다. 그래서 나는 곧바로 출판업자에게 편지를 써서 그 책을 내게 보내 주었으면 좋겠다고 했다. 그 후 그

나무 뒤로 보이는 집들 Häuserreihe hinter Bääumen

출판사로부터 이미 책을 보냈다고 쓴 카드가 한 장 날아왔고 그런 편지가 오가는 동안 메란에 머물고 있던 슈미츠가 내게 직접 보낸 편지 한 통이 도착한 것이다. 그 편지에는 그가 《데미안》을 읽은 이후 나를 '새로운 가르침의 교부教父'로 여기고 있으며, 내가 자신의 책을 읽었는지는 모르겠지만, 출판사에 부탁해 책을 한 권 보내라고 했다는 내용이 적혀 있었다. 그가 그런 부탁을 한지 벌써 3개월이 지난 셈이었으므로 그 출판사가 능장을 부린 것이었다. 그러나 융 박사의 편지 덕분에 일이 순조롭게 진행되어 갔다. 슈미츠는 또한, 도스토옙스키에 관한 내 논문이 있다는 이야기를 들었다며 자신도 읽어 볼 수 있도록 그 논문을 보내 줄 수 있는지 묻는 내용의 편지를 보내 왔다. 나는 곧바로 내 논문을 그에게 보내 주었으나, 여전히 그의 책을 받아 보지 못한 상태였기 때문에 답장 카드에는 당신의 책을 읽어 보겠다고만 적어서 보낼 수밖에 없었다.

그 이후에 마침내 그의 책 《디오니소스 신의 비밀》이 도착했다. 곧 그 책을 읽기 시작한 나는 놀라움을 금할 수 없다. 왜냐하면 그 책은 평범하지 않은 모습과 개성을 보여 주고 있는 동시에, 내 자신이 최근에 겪었으며, 내 삶과 글을 상당히 변모시킨 것과 거의 같은 내면적 체험을 반영하고 있었기 때문이다. 그러나 그 책에 쓰인 문체는 결코 새로운 것이 아니었으며 진부한 표현은 첫 장부터 나를 실망시켰다. 그 책은 슈미츠의 예전 작품들과 조금도 다를 바 없었으며, 표현상의 변화 또한 찾아볼 수 없었다. 그럼에도 계속 책을 읽어 가던 나는 곧 마음을 완전히 사로잡히고 말았다.

유별날 정도로 사리분별을 지키려고 애쓰면서 혼자서 자유로운 삶을 살아가는 것에 익숙한 한 지성인이 전쟁을 겪게 되면서 모두에게 해당하는 복무 의무(내가 유럽의 최대 야만 행위라고 비판하고는 했던 것)를 기억하게 된다. 그 기억은 곧 붉은 깃발처럼 그를 흥분시키는 작용을 했고, 그는 심각한 '병영 공포증'에 시달라다가 곧 군대에 끌려가게 되는 것에 대한 공포에 사로잡힌 나머지 격노하며 반항하는 상태에 빠지게 된다. 그의 고통은 차츰 노이로제 형태로까지 발전하고, 그와 같은 전쟁 노이로제(나 자신도 아주 유사한 체험을 했었다!)를 스스로 인식하고 치료하는 이 책의 핵심 내용은 굉장히 흥미로웠다.

세 가지 요소가 그 주인공이 발전할 수 있도록 돕고 있었다. 전쟁 체험, 즉 그로 하여금 자신이 세상에 얼마나 적응하지 못하는지에 주목하게 만드는 노이로제 그 자체, 그리고 개인의 각성, 이를테면 내가 신이고 아트만이며 내게는 아무 일도 일어나지 않을 것이라는 자아 인식, 마지막으로 슈미츠가 유럽적이고 디오니소스적인 불교를 만들어 내고는 있지만 불교의 수련과 더불어 분명한 목적을 가지고 행하는 의식에 관한 불교 연구가 바로 그것이다.

그리고 여기에 또다시 무언가 묘하게 맞아떨어지는 것이

있었다.《디오니소스 신의 비밀》에 등장하는 주인공이 체험하고 있는 것은 그 성격이나 형태가 전혀 다르기는 하지만 내가 나의 작품《싯다르타》에서 묘사하고자 했던 바로 그것이기도 했다.《싯다르타》의 제1부는 탈고한 지 1년이 다 되어 가며 이미 몇 주 전에 베를린의 피셔 출판사로 보내 놓은 상태이다. 사실 나는 그 작품 속에 내가 알고 있으며 예감하고 있기도 하지만, 바로 나 자신이 내면적으로는 아직 소유하고 있지 못한 그 무언가에 대한 묘사를 하고 싶었기 때문에 그 다음을 이어서 쓰는 작업에 착수하지 못하고 있었다. 그런데 바로 그것은 이 슈미츠라는 사람이 자신의 책 속에 묘사를 해 놓은 것이다!

　　그것은 사소해 보이기는 하지만 나에게 있어서는 대단히 충격적인 체험이었다. 더구나 그것은 내가 수년 전부터 몰두해 오면서 스스로를 괴롭히고 아프게 만들었던 것, 나의 생각과 작품들을 가득 채우고 있는 것, 내가《싯다르타》에서 묘사하고자 했던 것이 다른 사람들의 마음속에도 자리하고 있다는 것을 의미한다. 아주 비슷한 것, 아니 똑같은 것을 다른 사람들도 체험한 것이다. 또한 나뿐만 아니라 그들에게 있어도 심리 분석은 구제의 수단이자 동양의 가르침(붓다, 베단타, 노자)에 가장 가깝게 다가갈 수 있는 길이 되었다. 그것은, 심리 분석이 단순한 치료 수단으로써가 아니라 '새로운 가르침', 즉 새로운 단계의 인류 발전에 있어 중요한 요소로 간주되는 것이기도 하다.

내가 사실상 그 안에서 삶을 영위해야 하며, 어쩔 수 없이 믿어야 하는 것을 향한 나의 경멸감과 더불어, 또 독일(어쩌면 유럽 전체) 정신계와 문단은 완전히 가치를 잃어버렸으며 타락 내지 쇠퇴의 길을 걷고 있음을 확신하는 것처럼, 상황은 갈수록 나빠지고 있다. 학문은 돈벌이 혹은 하찮은 장난으로 전락해 버렸다(칸트와 헤겔을 비롯하여 모든 독일 철학자들이 사색의 결과를 실제 삶에 적용하는 것을 거부함으로써 그에 결정적인 기여를 한 셈이다), 문학은 오락이자 장난이며 기만에 불과하고 그 전체가 허영으로 가득 찬 장사판과도 같다.

예전만 하더라도 나는 양질 문학과 저질 문학의 차이가 존재한다고 매우 진지하게 생각했었지만 지금은 그런 것을 점점 더 찾아보기 힘들다. 또한 에른스트 찬과 토마스 만, 혹은 강호퍼와 헤르만 헤세 사이에는 이제 이렇다 할 차이가 더 이상 존재하지 않으며, 우리 시대에 있어 더 나은 문학이나 최고의 문학이라는 수식어도 속임수에 지나지 않는다. 어느 곳에나 도덕과 신성한 가치, 그리고 초개인적인 힘을 얻기 위해 진정한 노력을 기울이려는 시도가 결여되어 있다. 모두가 자기 자신과 자신의 명성, 혹은 어떤 당파를 위해 일하고 노력하며 생각하고 정치 활동을 한다.

그러나 노동을 하고 정신적 노력을 기울이며 그것을 더 높이 세우려는 시도는 오직 인류만이 할 수 있는 것이기에 모두 강물처럼 함께 흘러 들어가야 하는 것이 옳다. 그 강물 안에서는 마치 초기 교회의 성직자들이 그랬던 것처럼 개개인의 업적이나 실수는 즉시 익명의 것이 되어 버린다. 그러고 나서야 비로소 쓰는 사람이나 읽는 사람 모두 진지하게 그것을 믿을 수 있고, 기쁨이나 신념, 그리고 진실이 담겨 있기 때문에 그것을 위해 죽을 수도 있는 것들이 독일 작가의 손끝에서 써질 수 있는 것이다.

10) 헤세는 1920년 10월 중순에 전두동염(前頭洞炎 전두동 점막의 염증)에 걸려 11월 중순까지 스위스 남부의 소도시 로카르노에 있는 병원에서 치료를 받아야 했다.

11) Vedanta：인도 6파의 하나로 그 시조는 기원전 1세기 무렵의 철학자 바다라야나이다. 《우파니샤드》를 중시하며 범아일여梵我一如의 사상을 견지한다.

12) Upanisad：인도 브라만교의 성전인 《베다》를 운문과 산문으로 설명한 철학적 문헌들로서 기원전 1000~600년경에 활약한 힌두 스승들과 성현들의 사상들이 기록되어 있으며 현재 100가지 정도가 알려져 있다. 기원전 3세기에 만들어진 이 성전은 사람, 신, 우주의 이치를 밝히고 있으며 그 일부인 범아일여梵我一如 사상은 모든 힌두 사상의 가장 중요한 요소를 이루고 있다.

13) Visnu：힌두교의 세 주신主神의 하나. 세계의 질서를 유지하는 신으로 후에 크리슈나로 화신化神한다.

14) Indra：인도의 베다 신화에 나오는 비와 천둥의 신. 하늘의 제왕으로 몸은 모두 갈색이고, 팔은 네 개이며, 두 개의 창을 들고 코끼리를 타고 다닌다. 불교에서는 제석천 또는 십이천의 하나로 동방의 수호신이다.

15) Brahma：인도 철학에서 창조를 주재하는 신이자 우주의 최고 원리로 '범梵'이라고 번역하여 부른다.

16) Krsna：힌두교 신화에 나오는 영웅신으로 악한 왕을 죽이고 수많은 악귀와 용왕을 퇴치했으며 농업과 목축을 관장했다. 질서의 신 비슈누의 화신化神이라고 전해진다.

17) Josef Englert(1874~1957)：헤세의 친구로 직업은 엔지니어. 헤세의 작품 《클링조어의 마지막 여름klingsors letzter Sommer》에서 '마술사 유프'로 등장한다.

18) 1919년에 헤세가 리하르트 볼테렉Richard Woltereck 교수와 공동으로 창간한 문학 및 정치 관련 월간지. 헤세는 1922년까지 이 잡지의 발행인으로 활동했다.

19) Richard von Garbe(1857~1927)：독일의 산스크리트 학자.

20) Sankara(700~750)：인도의 철학자로 불이일원론派不二一元論派의 시조이며 《브라흐마수트라 주해》를 남겼다.

21) 훗날 헤세가 〈Media in Vita(삶의 한가운데)〉라고 제목 붙인 이 시는 원래 'Sansara(윤회：고통을 모두 짊어진 채 영원히 생과 사를 되풀이하는 것을 일컬음)'라는 제목으로 1921년 2월 15일에 써진 것이었다.

22) atman：인도 철학에서 가장 기본적인 개념으로 인간 존재의 영원한 핵을 말하는데 이는 죽은 뒤에도 살아남아 새로운 생명으로 다시 태어난다고 한다. 브라흐마가 우주 작용의 근거라면 아트만은 인간의 모든 행위를 근거 짓는 핵이다.

명상

이제 내 나이 40이 넘었으니 인생으로 보자면 한낮에 이른 시간이다. 지난 수년 동안 조짐을 보이던 나의 새로운 시각과 생각, 혹은 견해가 이제 비로소 그 형태를 드러내려 하고 있으며, 더불어 내 삶 전체가 지난 시간과 전혀 다르고 새로운 결정체를 만들고자 한다는 것을 직감하고 있다.

그것이 언제부터 시작됐는지는 알 수 없다. 그것은 먼저 존재감을 드러냈고 나는 아직 어린아이였을 때 혹은 그 이전부터 이미 어떤 예감과 가능성을 가지고 있었다.

나는 다시 생기를 느끼며 더 젊어진 내 모습을 바라보고, 미래와 힘 그리고 활동 가능성을 감지한다. 모든 것이 그렇게 수년 동안 지속되었다. 이제 허물벗기가 진행 중이며 오래 묵

이탈리아를 바라보며 Blick nach Italien

은 껍질이 떨어져 나가려 한다. 그리고 내가 오랜 세월 동안 죽어야 한다는 운명의 고통으로 생각해 왔던 것이 이제 새로운 탄생의 고통으로 바뀌려 한다.

죽어야 한다는 운명의 고통은 끔찍하다. 나는 그 고통이 내가 지나온 길고 검은 공포의 골짜기처럼 내 뒤를 따르고 있다는 것을 알고 있다. 아무 희망도 없이 외롭게 수년의 세월이 흘렀다. 지금도 그 세월을 생각하면 몸이 얼어붙는 듯하다. 그것은 춥고 적막한 지옥과도 같았으며 그 끝에는 암흑과 죽음뿐이었고 어떤 희망도 없었다.

그러나 모든 고통에는 한계가 있는 것처럼 보인다. 한계에 이르면 고통은 끝이 나거나 다른 모습으로 변하여 삶의 색채를 띠게 된다. 그래도 고통스러운 것은 여전하겠지만, 그럴 때의 고통은 생명이자 희망이다. 고통스러웠던 것만큼 나는 또 고독했다. 지금 나는 내게 최악이었던 시기와 조금도 다를 바 없이 외롭다. 하지만 고독은 나를 더 이상 달랠 수도 없고 아프게 할 수도 없는 독약과도 같다. 나는 그 독성에 대한 저항력이 충분히 강해질 만큼 그것을 많이 마셨다. 그러나 그것은 독이 아니라 단지 고독이 변한 것일 뿐이었다. 우리가 받아들일 줄 모르고 사랑할 줄 모르며 고맙게 받아 마실 줄 모르는 것은 모두 독이다. 그리고 우리가 사랑할 수 있고 우리의 삶이 받아들일 수 있는 것은 모두 생명이며 큰 가치를 지니고 있는 것들이다.

만일 내 삶의 일부에 대해 변명을 하고자 한다면, 내가 그것을 통해 뭔가 배울 수 있고 그럴듯한 말을 찾아낼 수 있으며 지혜를 얻어 낼 수 있으리라는 생각으로 그렇게 하지는 않을 것이다. 소년 시절부터 지금까지 내가 철학에 끌리는 것을 느끼면서 사상가들의 저서를 읽었다고는 하지만, 나의 세계상을 숨김없이 표현할 수 있는 내 능력에 대한 믿음은 사라져버렸다. 나는 철학자가 아니며 또 철학자가 되고 싶은 마음도 없다. 오랫동안 나는 사색의 힘을 과대평가해 왔으며 사색을 위해 많은 것을 희생하기도 했다. 사색을 하는 동안 나는 패배자가 되기도 하고 승리자가 되기도 했다. 하지만 내가 그 모든 것을 할 수 없었다고 하더라도 오늘날 결과는 마찬가지였을 것이다. 나는 사색을 통해서 배운 것이 없으며 내가 읽은 글의 수많은 저자들이 지니고 있는 사상으로부터 얻은 것은 더더욱 없다.

처음으로 철학서를 읽으면서 수차례 고개를 갸우뚱거리고 나서야 그것을 이해했다고 생각하던 시절, 내가 경험했던 그 어이없는 착각을 나는 아직도 잘 기억하고 있다. 그것은 스피노자의 책이었고 칸트의 책을 읽는 동안에도 그러한 착각은 또다시 되풀이되었다. 나는 내가 그 철학서를 이해했다고 여겼으며 그 사고의 구조를 파악하고 그 구조에 담겨 있는 삶의 법칙을 공감할 수 있는 내 능력을 확인한 듯한 느낌이 들었다. 그에 대해 나는 만족감과 쾌감을 느꼈고 그런 느낌 자체는 근사한 것이기는 했지만, 그로 인해 나는 마치 내가 진리를 발견한 것 같은 착각에 빠지게 되었다. 나는 단번에 세계를 확실하게 이해했다고 생각했지만, 사실은 수없이 많은 본보기의 소용돌이 속에서 자신의 내면에 무언가를 새기고 따를 수 있는 근사한 순간들 가운데 일부를 경험한 것에 지나지 않는다.

세계를 이해한다는 것은 오로지 그처럼 보기 드문 순간들이 끊이지 않고 이어지는 삶을 영위하는 것을 의미한다. 철학이 그와 같은 순간을 체험할 수 있는 수천 가지의 수단 가운데하나에 불과하다는 것을 나는 느끼고 있었지만, 오랫동안 믿으려 하지 않았다. 실제로 내가 칸트나 쇼펜하우어, 셸링을 통해서 체험한 것은 〈마태 수난곡〉이나 만테냐의 그림, 《파우스트Faust》 등에서 체험한 것과 조금도 다르지 않았다.

철학에 대한 나의 현재 입장은 이러하다. 우월한 가치를 지니는 철학이란 창조적인 철학자를 위해서만 존재하는 것이 아니라는 것이다. 그 제자나 독자 혹은 비평가를 위해 존재하는 것이 아니라는 것이다. 철학자는 모든 존재가 성숙과 성취의 순간에 느끼는 것, 이를테면 여인이 출산할 때나 예술가가 창작할 때 혹은 나무가 계절과 해가 바뀔 때 느끼는 것을 자신의 세계 창조에서 체험하는 것이다. 다른 존재들이 그런 것을 '단지' 무의식적으로 체험하는 반면에 철학자는 '의식적으로' 체험한다는 것은 오래된 고정관념이다.

그 고정관념이 옳다고 하더라도(철학자가 자신의 작품을 체험하면서도 수도 없이 많은 착각에 빠지고 마는 것, 그리고 철학자가 하필 자신이 발견해 낸 것 가운데 가장 미심쩍은 것에 애정과 자만심을 갖는 일이 허다한 것을 보면, 그 고정관념이 옳을 리 없다), 내가 경험한 것은 그저 의식 하나에 그처럼 우월한 가치를 부여하는 것에 이의를 제기한다. 내가 중요하게 여기는 사물의 범위를 끊임없이 내 의식의 시야 안에 두고 있다는 것은 나의 자아가 지니는 가치와 그것을 높이 평가하는 것에 결정적 영향을 미치는 것이 아니라, 단지 내가 의식과 무의식의 영역 사이에서 복잡하지 않고 막힘없는 좋은 관계를 유지하고 있다는 것일 뿐이다.

우리는 생각하는 기계가 아니라 살아 숨쉬는 생물체이며, 로마 웅변가의 유명한 비유로 표현하자면 우리의 몸 안에서 무의식은 위胃와 비슷한 위치를 차지한다. 논쟁을 벌일 의향이 없는 사람에게는 내 생각을 표현하기가 쉽지 않다. 그러나 내게 '의식'과 '무의식'이라는 말은 그래도 표현하고자 애써 볼 만한 가치가 충분히 있는 것으로 여겨진다.

자, 당신의 존재가 좁고 깊은 호수라고 한번 상상해 보라. 그리고 그 수면이 바로 의식이다. 그곳은 밝은 빛을 비추고 있으며 우리가 생각이라고 부르는 일이 그곳에서 일어난다. 한편 그 수면을 형성하는 호수의 분자는 무한히 작다. 그곳의 분자는 공기 또는 빛과 접촉하면서 물이 새롭게 변화하고 풍성해지기 때문에 가장 멋지고 흥미로운 것이기도 하다. 그러나 수면에 있는 물 분자 자체는 쉴 새 없이 바뀐다. 끊임없이 밑

삶의 진정한 아름다움

에 있는 물 분자가 위로 올라오고, 또 위에 있는 물 분자가 아래로 내려가면서 흐름이 생기고 보충을 하기도 하고 위치 이동이 일어난다. 또한 어느 물 분자나 한번쯤은 위에 머물고 싶어한다.

물로 이루어진 호수처럼 우리의 자아 혹은 우리의 정신역시 수천, 수백만 개의 분자, 즉 끊임없이 성장하고 교체되며, 무언가를 소유하고 기억하며 표현하려는 욕구로 이루어져있다. 호수에서 우리의 의식이 보는 부분은 좁은 수면뿐이다. 정신은 수면 밑에 펼쳐진 무한하게 넓은 부분을 보지 못한다. 그러나 넓고 어두운 공간을 벗어나 좁은 수면의 밝은 부분을향해 끊임없이 움직이면서 교체가 진행되는 정신은 풍부하고건전하며 다행히도 능력이 있는 것 같다.

대부분의 사람들은 끝도 없이 많은 생각들을 마음속에 품는다. 그런 것들은 밝은 표면 위로 올라오는 일이 결코 없으며밑에서 고통스럽게 썩어 간다. 그런 생각은 부패해 가며 고통을 주는 것이기에 의식에 의해 계속 거부를 당하게 되고 의심과 우려의 대상이 된다. 해롭다고 인식되는 것은 표면 위로 올라올 수 없다는 것이며 그것이 바로 모든 윤리가 가지고 있는본질이다.

하지만 사실상 해롭거나 이로운 것은 아무것도 없다. 모든 것은 선하거나 중립적이다. 개인은 누구나 자신에게 속하며 스스로에게 유익하지만 표면 위로 올라와서는 안 되는 것들을 내면에 지니고 있다. 윤리는 그런 것들이 위로 올라오면 불행이 따른다고 가르친다. 하지만 그로 인해 오히려 행복이 따를 수도 있는 일이다. 그러므로 모든 것은 표면 위로 올라와야 하며 윤리에 복종하는 사람만 불쌍해질 뿐이다.

내가 지난 몇 년 사이에 체험한 것을 그와 같은 비유로 표현해 보면, 나는 아랫부분이 차단되어 있는 호수와도 같았고 그로 인해 고통이 죽은 것이나 다름없는 상태에 빠지게 되었다는 생각이 든다. 그러나 이제는 다시 위와 아래의 물이 서로 자리를 바꾸어 가며 흐르고 있다. 어쩌면 아직은 부족하고 충분히 활기찬 것은 아닐지 모르지만 어쨌든 다시 흐르고 있는 것이다.

온갖 죽음

온갖 죽음을 나는 이미 죽어 보았다.
온갖 죽음을 나는 다시 죽으려 한다.
나무 속에서 목재의 죽음으로 죽고
산속에서 돌의 죽음으로 죽으려 한다.
모래 속에서는 흙의 죽음으로,
바스락거리는 여름풀 속에서는 풀잎의 죽음으로,
그리고 불쌍하고 잔혹한 인간의 죽음으로.

꽃으로 나는 다시 태어나려 한다.
나무와 풀로 나는 다시 태어나려 한다.
물고기와 사슴, 새 그리고 나비가 되려 한다.

그러면 그리움은 나를

모든 형상으로부터 잡아채어

마지막 고뇌에 이르는 계단으로

인간의 고뇌로 이끌어 가리라.

맹렬한 기세로 날아오는 주먹이 그리움에게

삶의 양극을 휘어서

맞붙게 하라고 요구할 때

오, 떨리면서 팽팽히 당겨진 활이여!

여전히 자주 그리고 또다시

그대는 나를 죽음에서 탄생으로 몰아가리라.

고통으로 가득 찬 형성의 길로,

영화로운 형성의 길로.

휘파람 불기

피아노와 바이올린

내가 진실로 소중히 여기는 것들이다.

하지만 나는 그런 악기를 거의 다루지 못한다.

지금까지 너무 정신없이 살다 보니

휘파람을 부는 기교만 겨우 익힐 수 있었다.

비록 아직은 휘파람의 대가라고 자칭할 수 없지만

예술은 길고 인생은 짧다고 하지 않았던가!

나는 휘파람을 불 줄 모르는 사람을 보면 애석하다.

휘파람이 내게 참으로 많은 것을 가져다주었다.

그래서 나는 오래전부터 마음속으로 다짐하고 있었다.
휘파람의 기교를 한 단계 한 단계 더 발전시키기로
언젠가는 나, 여러분, 그리고 세상 모든 사람들에게
멋진 휘파람 연주를 들려주게 될 날이 오기를
기대하면서!

삶을 긍정하기

단지 관념적인 입장이나 어떤 미학적인 염세주의 때문이 아니라, 육체적으로 그리고 현실적으로 삶이 슬픔과 고통이라고 느끼는 사람들이 있다. 그렇게 느끼는 것은 그들의 운명이다. 유감스럽게 나도 그 무리에 속하지만, 그런 사람들은 쾌락을 느끼는 것보다 고통을 느끼는 데 더욱 재능이 있다. 그리고 숨 쉬는 것과 잠자는 것, 먹는 것, 소화시키는 것 등 가장 단순하고 본능적인 행위는 모두 그들에게 기쁨을 주기보다 오히려 그들을 고통스럽고 번거롭게 만든다.

하지만 그들도 자연의 순리에 따라 삶을 긍정하고 고통을 이기며 자포자기하지 않으려는 욕구를 내적으로 느낀다. 그렇기 때문에 그 사람들은 조금이라도 기쁘고 유쾌한 것이나 조

빨간 집 Rotes Haus

금이라도 행복해지고 따뜻해질 수 있는 것이라면 무엇이든 반드시 가지려 한다. 게다가 평범하고 건강하며 정상적이고 성실한 사람을 중요하게 여기지 않으면서 그처럼 그럴싸한 것들에게는 대단한 가치를 둔다. 한편 자연은 그런 사람들의 인생행로에서 최고로 멋지고 복잡한 것을 완성시킨다. 그것은 거의 모든 사람들이 어느 정도 경외심을 갖게 되는 것, 바로 유머다.

고통스러워하는 사람들, 혹은 너무나 감상적이고 별로 잽싸지 못한 데다가 지나치게 즐거움을 좇으며 위안받기에 집착하는 사람들의 내면에도 때때로 흔히 유머라고 하는 것이 생겨난다. 그것은 깊고 지속적인 고통 속에서만 자라는 수정과도 같으며, 어쨌든 그것은 인류의 생산물 가운데 좀 더 나은 것에 속한다.

고통스러워하는 사람들이 힘든 삶을 그대로 견뎌 내고 심지어 찬미하기 위해 만들어 낸 이 유머는 희한하게도 다른 사람들, 즉 건강하고 고통스러워하지 않는 사람들에게 항상 정반대로 작용하여 마치 억제할 수 없는 삶의 기쁨과 유쾌함이 폭발하는 것처럼 보인다. 유머를 들으면서 건강한 사람들은 허벅지를 마구 내리치며 큰 소리로 웃어 댄다. 그리고 때때로 상당히 인기 있고 크게 성공한 코미디언이 어이없게도 우울증을 앓다가 물에 빠져 자살했다는 소식과 같은 기사를 읽게 되면 그 죽음에 경의를 표하면서도 한편으로는 그들에게 우롱을 당한 기분이 든다.

항상 자신들이 원하는 것을 쓴다고는 하지만, 유머리스트들이 내세우는 제목과 주제는 모두 구실에 불과하다. 사실상 그들의 주제는 예외 없이 단 한 가지뿐이다. 즉 별난 슬픔과 더러운(이렇게 표현해도 좋을지 모르겠지만) 인간사, 그리고 삶이 그토록 비참한 것임에도 불구하고 아름답고 근사할 수도 있다는 사실에 대한 놀라움이다.

삶을 받아들이기

어떤 은자가 오랜 세월이 지난 후 자신의 암자를 떠나 사람들과 가까이 있을 수 있는 도시로 갈 경우, 그는 대부분 자신의 행동에 대해 그럴듯한 이유를 댈 수 있다. 그에 반해 그 결과는 대부분 어처구니없다. 구두 수선공은 구두 수선공으로 남아야 하는 것처럼 은자도 은자로 남아야 하는 것이다.

은자가 직업이 아니라거나 기껏해야 거지처럼 친한 신분이라는 것은 유럽에서 흔히 접할 수 있는 생각이다. 은자는 구두 수선공이나 거지, 강도, 군인과 마찬가지로 하나의 직업일 뿐만 아니라, 법률 집행관이나 미학 교수와 같은 사이비 직업보다 훨씬 더 오래되고 중요하며 성스러운 직업이다. 어떤 사람이 자신이 가진 직업을 버리고 다른 곳에서 기웃대는 행동

카사 카무치에서 바라본 풍경 Blick aus der Casa Camuzzi

을 할 때에는 충분히 그럴 만한 이유에서 그렇게 하는 경우도 있겠고, 사람들도 그것을 납득하겠지만, 보통은 단지 어리석음 때문에 그런 일이 일어난다.

나 자신과 내 삶에 불만족스러워서 산속에 있는 암자를 뒤로하고 잠시 도시로 가 사람들 틈에 속하게 되었을 때 내가 바로 그런 경우였다. 나는 호기심과 새로운 것을 체험하고 새로운 관계를 맺고 싶은 욕구를 이기지 못하고 도시로 나온 것이었다. 오랫동안 권태롭고 고통스러운 나날만 보내고 있던 나는 어쩌면 다시 기쁨과 재미와 만족감을 조금이나마 체험할 수 있을지도 모른다는 막연한 기대 속에서 그와 같은 결정을 내린 것이다. 나는 다시 다른 사람들과 비교하여 나 자신을 평가하고 사람들과 나 자신을 진지하게 받아들이게 되는 것이 내게 행복을 가져다주었으면 좋겠다는 희망을 품고 있었다. 나는 도시와 군중, 예술, 상업 등 이 세상의 온갖 매력이 내게 영향을 미치게 함으로써 은자와 사색가의 고난이나 오만한 지혜로부터 해방되어 다시 인간 혹은 어린아이로 돌아갈 생각이었다. 그럼으로써 인생의 가치와 아름다움에 대한 믿음을 되찾고 싶었다.

나와 같은 유형의 사람, 즉 근본적으로 인생의 가치를 믿을 수 없지만, 그렇다고 자살이나 정신착란과 같이 순진한 사람들이 흔히 찾는 탈출구를 선택하지도 못하는, 그래서 자기 자신과 다른 사람들에게 스스로를 예로 들어 자연이 '인간'이라는 실험에서 시도한 것이 얼마나 무의미하고 가망 없는 것이었는가를 보여 주기 위해 이 세상에 나온 것처럼 보이는 사람은 당연히 좀 힘들게 살 수밖에 없다. 그런 사람은 때때로 자신의 삶이 좀 더 견딜 만하고 그럴듯해질지도 모른다는 생각을 가지고 자신의 태도를 바꾸거나 생활에 이런저런 변화를 주고 싶은 욕구를 느낀다.

그렇게 해서 나는 가방을 싸서 도시로 떠났고, 그곳에서 사람들 사이에 섞여 방을 구했다. 그곳 생활에 익숙해지는 것은 결코 쉽지 않았다. 도시 사람들은 놀라울 정도로 이른 시간에 일어나서 밤이 되어서야 집으로 돌아왔으며, 피아노와 바이올린을 연주하는가 하면 자주 목욕을 하고 이리저리 바쁘게 돌아다녔다. 대부분 사람들은 사업가이거나 그 밑에 고용된 사람들이었고 모두들 머리가 돌아 버릴 정도로 할 일이 많았다. 어떤 이들은 실제로 사업이 잘 안되었기 때문에 할 일이 많았고 형편이 나아지도록 애쓰느라 자신을 혹사시켰다. 사람들은 누구나 과로에 시달렸으며 거의 모든 사람들이 물건을 만들어 내거나 사람이 살아가는 데 필요하지 않은 혹은 오로지 생산자나 상인에게 돈을 벌게 해 줄 목적으로 만들어진 물건들을 가지고 장사를 했다.

나는 호기심에서 그런 물건 가운데 몇 가지를 사 보았다.

소음과 정신없는 환경으로 인해 잠을 거의 잘 수가 없었으며 하루 종일 피곤하고 지루할 때가 많았기 때문에 그런 부류의 상인한테서 수면제를 사기도 했고 또 독자를 즐겁게 해 주기 위해 써진 책을 몇 권 사기도 했다. 그러나 수면제는 잠이 오게 하기는커녕 오히려 나를 흥분시켰고 신경이 예민해지게 만들었으며 책은 나를 즐겁게 해 주기는커녕 밝은 대낮인데도 졸리게 만들었다. 그 물건들만 그런 것이 아니라 사실상 모든 것이 그런 식이었다. 그곳은 거래상이나 판매원 할 것 없이 공연자들에게 큰 재미를 주는 연극이 진행되고 있는 상태와도 같았지만, 아무도 그것을 진지하게 받아들일 생각을 하지 못했다.

그 무렵은 대규모의 연중 축제를 앞두고 있는 시기였다. 그 축제의 취지는 한편으로 산업을 장려하여 몇 주 동안 상업이 활기를 띠도록 만드는 것이었고, 또 한편으로는 어린 나무는 톱으로 잘라 내어 시내의 모든 집 안에 전시함으로써 자연과 숲에 대한 일종의 경각심을 불러일으키고 가정생활의 기쁨을 함께 나누는 것이었다.

하지만 그것도 한통속으로 꾸민 연극이라는 것을 나는 금방 알아챘다. 새삼 자연과 숲에 대한 경각심이 필요하다고 생각하는 사람이나 그 어린 나무가 자연에 대한 애정을 키우는 데 적합한 수단이라고 생각하는 사람은 아무도 없었기 때문이다. 또한 가정이나 결혼, 자식 복과 같은 것에 높은 가치를 부여하기보다는 전반적으로 짐스럽게 느끼는 시민들이 훨씬 더 많았다.

그래도 4주에 걸쳐 수백만 명의 사람들이 고용되어 준비한 그 축제는 이틀 동안 모든 시민에게 즐거움을 선사했다. 그들은 심지어 이방인인 나에게까지 달콤한 과자를 나누어 주면서 즐거운 시간을 가지라고 인사했다. 그리고 집 안에서는 대단히 이례적인 일이기는 하지만, 몇 시간 동안이나 시끌벅적하게 가정의 행복을 축하하는 잔치가 베풀어졌다.

그 시기에 도시의 모습은 매우 매력적이었다. 넓은 싱기에 줄지어 서 있는 집들은 밤낮으로 흘러넘치는 불빛과 진열된 상품들, 꽃, 장난감 등으로 활기차 보였다. 그리고 그 순간에는 그토록 힘들고 고단한 직장 생활이 사실은 재미있고 기발한 오락 게임처럼 여겨졌다. 다만 자연이나 가족, 사업 등 모든 것을 몇 시간이나마 잠시 잊고 모든 고민을 향기로운 술 한 잔으로 씻어 버리려는 사람들이 드나드는 술집에도 관례랍시고 술집 주인이 촛불이 달려 있는 나무를 세우는 것은 이방인의 눈에 거슬렸다. 그 나무 때문에 담배 연기로 숨 쉬기조차 힘든 술집 안은 가정집보다 훨씬 더 강하게 광채를 뿜으며 감상적인 분위기를 발하고 있었다.

축제가 시작되기 전인 어느 날 저녁, 나는 한 음식점에 앉아 느긋한 기분으로 계란 요리와 붉은 포도주를 즐기고 있었다. 그때 어떤 신문 기사가 내 눈에 띄었고 나는 곧 그 기사에 홀린 듯 사로잡혀 버렸다. 거기에는 한 문학 협회가 헤르만 헤세의 밤을 개최하고 있으며 가 볼 만한 행사로 추천한다고 적혀 있었다. 나는 서둘러 개최 장소를 찾아가서 입구에 있는 입장권 판매원에게 헤세 씨가 직접 나오느냐고 물었다. 그는 아니라고 말하면서 뭐라고 사과해야 할지 몰라 허둥댔다. 하지만 나는 그 작가가 참석하든 말든 전혀 상관하지 않는다고 말하면서 그를 안심시켰다. 나는 입장료로 1마르크를 내고 프로그램을 받아들었다. 잠시 자리에 앉아서 기다리자 곧 행사가 시작되었다.

그곳에서 나는 내가 젊은 시절에 쓴 일련의 시들이 낭송되는 것을 들었다. 그 시들을 쓰던 당시만 하더라도 나는 젊은이다운 성향과 이상을 지니고 있었으며 정직한 것보다는 무언가에 탐닉하는 것과 이상주의에 더 관심이 많았다. 그래서 그 당시에는 삶을 밝고 긍정적인 것으로 보았던 반면, 지금의 나는 삶을 사랑하지도 부정하지도 않고 그저 받아들일 뿐이다. 그 시에서 젊은 시절의 내 목소리가 이야기하고 있는 것을 듣고 있자니 이상한 기분이 들었다. 그 시들 가운데 일부는 작곡가가 노래로 만든 후 멋지게 차려입은 여가수가 그것을 부르기도 했으며, 또 일부의 시는 암송 혹은 낭송되기도 했다.

나는 젊음과 감상적인 것을 공감하는 일부 청중들이 낭송되는 시를 흡수하듯 들으면서 감정이 벅차오르는 미소를 짓는 반면에, 나 자신을 포함하여 냉담한 나머지 청중들이 아무 감동도 받지 못한 채 약간은 경멸하는 듯한 미소를 짓거나 잠들어 버린 모습을 지켜보았다. 그 모든 것을 지켜보면서 한때나마 내게 그토록 중요하고 신성했던 그 시들이 얼마나 천박한 것인지에 놀라면서도 나는 내 마음속에 아직 약간의 오만함이 남아 있음을 깨달았다. 가수나 낭송자가 흔히 그렇게 하는 것처럼 시 속에서 어떤 단어를 생략하거나 다른 단어로 바꿀 때마다 실망하고 상처받는 내 모습을 보았기 때문이다.

그러는 동안 그날 저녁 행사는 내게 더 이상 참을 수 없는 것이 되어 버렸고, 나는 목구멍과 위가 마르고 쓴 느낌이 들어 결국 행사가 끝날 때까지 기다리지 못하고 나와야 했다. 그러고 나서 그 불쾌한 느낌을 없애려고 코냑과 물을 몇 시간 동안 계속 마셔 댔으나 헛수고였다.

나도 어느 정도는 조예가 깊은 전문가로 통할 수 있는 자리인 그 문학 행사에서조차 나는 또다시 나를 은자가 되게 만드는 그 고립감을 느껴야 했다. 그 고립감은, 나의 내면에 인생을 진지하게 받아들이려는 까닭 모를 욕구가 자리하고 있는 반면에, 다른 사람들은 모두 내가 알지 못하는 비밀스런 게임 규칙에 따라 인생을 유쾌한 단체 게임으로 여기고 함께 즐기는 데에서 기인하는 것이다.

내가 보고 체험한 모든 것이 계속해서 나를 그와 같은 곤경에 빠뜨리고 어디에서도 내가 사람들과 제대로 어울리지 못하도록 막는 동안, 그래도 한 번은 나를 우습게 만드는 것이 아니라 나를 인정하고 힘을 북돋워 준 체험을 하게 되었다.

나는 어떤 친구의 장례식에 가서 도움을 주어야 한 적이 있는데, 돌연사한 그 친구는 은자 타입이 아니라 쾌활하고 사교적인 사람이었다. 죽은 친구와 작별하기 위해 움직임 없는 그의 얼굴을 들여다보면서 내가 읽을 수 있었던 것은 자신이 인생이라는 유쾌한 게임에서 빠지게 된 것에 대한 불만이나 고통이 아니었다. 단지 수수께끼 같은 인생을 더 이상 게임으로서 경험하지 않고 마음속 깊이 진지하게 받아들이는 일이 마침내 자신에게 허락된 것에 대한 일종의 내적 만족이 그의 얼굴에 나타나 있을 뿐이었다. 죽은 친구의 그 얼굴은 내게 많은 것을 말해 주었고, 그것은 내게 슬픔이 아니라 오히려 기쁨을 주었다.

이제 나는 다시 거리를 거닐면서 아름다운 여인들과 화난 모습으로 바쁘게 걸어가는 남자들을 바라본다. 그들은 축제가 벌어지는 동안 약간 당황해하면서 기쁨을 가장하고 있던 얼굴의 가면을 이미 벗어 버린 것이다. 그리고 나는 인생이라는 그들의 연극을 보면서 때로는 슬퍼하기도 하고 때로는 즐거워하기도 한다. 그래도 언젠가는 내가 그 연극의 비밀스러운 게임 규칙을 알게 될 날이 오기를 바라면서.

심리학

가재는 새우를 사랑했지만
그 사랑은 짝사랑으로 머물러
무의식의 세계로 떨어졌다.
그리고는 그곳에서 죽음에의 충동으로 바뀌었다.

심리학자가 면밀히 조사했지만
아무것도 명확하게 밝혀내지 못했다.
그 사이에 가재가 달아나 버렸다.
진료비가 너무 비싸다고 생각했던 것이다.

심리학자는 비록 말은 못했지만,

가재의 그런 행동에 대해 화가 났다.

그래도 그의 이성적인 머리는

여전히 그 사건에 관해 골똘히 생각했다.

가재는 의사의 도움 없이도 병이 나았고

다른 사랑을 하게 되었다.

그러나 의사는 가재의 고뇌가

돈에 대한 콤플렉스에서 비롯된 것이라고

결론을 내린다.

우리에게 부족한 것

좋지 못하고 어리석은 짓은 얼마나 빨리 배우게 되는지, 또 게을러빠진 개나 게걸스럽게 먹어 대는 돼지가 되는 것이 얼마나 쉬운 일인지 믿을 수가 없을 정도다. 육체적인 나쁜 습관과 나태함은 정신적으로도 그와 같은 상태를 수반하는 법이다.

이 세상과 타협하고 그 일원이 되는 것, 그리고 이 세상에서 영향력을 가지며 스스로 만족감을 느끼는 것은 나에게 전혀 어울리지 않을 뿐만 아니라 금지된 것이다. 나는 그 사실을 알고 있으며 그에 관여하는 것은 나에게 행복을 가져다주는 선함과 성스러움을 배반하는 것이다. 그리하여 단지 내가 현재 그와 같은 과오를 범하고 있기 때문에, 말하자면 내가 이 세상과 타협하고 이 세상을 받아들였기 때문에 나는 지금 죽고 싶을 정도로 비참한 기분이 든다.

그럼에도 나는 여전히 그 상태에 머무르고 있다. 나태함이 이성보다 더 강하고, 게을러서 살찐 배가 조심스럽게 호소하는 정신보다 더 강하다. 내가 보기에, 정신적으로 매우 심각한 문제가 있는 다수의 사람들에게 있어 그들의 재산을 순식간에 잃는 것과 돈의 신성함에 대한 그들의 믿음이 흔들리는 것은 불행이 아니라, 가장 확실하고 유일하게 가능한 구제책을 의미하는 듯하다. 또 그와 마찬가지로 오늘날 우리의 삶에서는 일과 돈이 유일한 우상인 것과 반대로 찰나적인 유희를 즐기는 성향이나 우연에 대해 개방적인 태도, 변덕스러운 운명에 대한 신뢰가 더 필요하다. 우리 모두에게는 바로 그와 같은 것들이 결여되어 있기 때문이다.

시인이 부르는
죽음의 찬가

나는 곧 세상을 떠나

조각조각 흩어지리라…….

그리고 나의 유골은 모두

다른 것으로 바뀌리라…….

이름을 날리던 헤세는 사라지고

출판업자만이 그의 독자 덕에 먹고살 것이다.

그후 나는 다시 세상에 나와

모두가 좋아하고

심지어 노인들까지 호의적인 주름을 지으며

싱긋 웃어 주는 사내아이가 되리라…….

하지만 나는 게걸스레 먹고 마셔 대며
이름도 더 이상 헤세가 아니리라…….
나는 젊은 여인들 옆에 누워
그녀들의 몸에 내 몸을 비벼 대고
그러다 싫증나면 여자들의 목을 조른다.

그러면 사형집행인이 와서 나를
저세상으로 보내리라…….
그후 나는 어떤 어머니에 의해
다시 태어나게 되리라…….
그러면 그때 다시 책을 쓰거나
여자들과 잠을 잘지도 모른다.
그러나 나는 이제 그만 저 세상에 머물러
태어나지 않은 채 무無의 상태에서
아무런 방해도 받지 않는 피안의 세계로
사라지고 싶다.
그곳에서 나는 세상의 모든 것에 대해
웃고 웃고 웃고 또 웃으리라…….

불가능한 것을
다시 시도하기

우리가 마음속으로 깊이 생각하고 있던 문제들을 매번 누가 마술이라도 부린 것처럼 외부 세계에서 다시 접하게 되는 것은 전혀 새로운 경험이 아니다.

마음속으로 집을 지을 계획을 세우거나 이혼 또는 수술의 필요성에 대해 생각하는 사람은 틀림없이 그와 같은 문제나 그런 문제로 고심 중인 사람을 주변에서 눈에 띄게 자주 만나게 된다. 나는 독서를 할 때도 똑같은 경험을 하고는 한다. 어떤 인생 문제에 깊이 빠져 있을 때 일부러 찾지 않았는데도 바로 그 문제를 다루고 있는 책이 내 손에 들어오는 것이다.

최근에도 나는 매시간 강도를 더해 가며 중요한 문제와 씨름하고 있는 동안 바로 그 문제를 다루고 있는 듯한 여러 권

테신의 산골 마을 앞에 펼쳐진 여름 들판 Sommer Feld an tessinisch

의 책을 우연히 잇달아 접하게 되었다. 그것은 인간과 문화에 관한 문제로, 과연 인간은 자연이 거둔 최대의 성과인지, 또 인간의 문화라는 것은 모태인 자연에게 씻지 못할 죄를 짓는 것과 무엇이 다른지, 그리고 그 문화라는 것이 결국에는 위험하고 엄청난 비용이 들며 실패한 실험에 불과한 것은 아닌지에 관한 오래 묵은 의문이었다.

우리 스스로도 잘 알고 있듯이 자연을 해치지 않고서는 문명이 있을 수 없다. 문명화된 인간이 점차 지구 전체를 시멘트와 철근으로 만들어 지루하기 짝이 없고 생기 없는 모습으로 바꾸어 놓고 있기 때문이다. 그래도 처음에는 선의와 이상주의에서 시작한 것이 어쩔 수 없이 폭력과 전쟁 그리고 고통으로 이어지고 보통 사람은 천재의 도움이 없다면 삶을 유지해 나갈 수 없음에도 불구하고 단호한 태도로 천재를 배격한다. 그리고 모두들 불행하게도 그것이 불가피하다고 말한다.

그런 생각에 골몰해 있을 즈음 나는 묘하고 서글픈 기분이 들게 만드는 책을 한 권 받아 보았다. 톨스토이의 딸이 엮어서 펴낸 그 책은 카시러 출판사의 필립 밀러에 의해 독일어판으로 출간된 것이었다. 그 책에는 톨스토이의 도피와 종말에 대한 기록들이 담겨 있었다. 위대한 인물의 은밀한 사생활을 알게 되는 것은 그리 기분 좋은 일이 아니다. 연로한 톨스토이가(그는 엉터리 책을 쓰는 도덕주의자가 아니라 위대한 시인이기도 했다) 정신 발작과 불행한 결혼 생활 그리고 불신감으로 인해 참담하기 그지없는 분위기 속에서도 그런대로 잘 지내다가 20년이나 지난 후에야 결국 절망에 빠진 채 삶으로부터 도피하여 자살이나 다름없는 죽음을 맞이하는 모습을 보는 것은 왠지 소름 끼치는 일이다. 그는 파멸에 이를 수밖에 없는 천재이고, 씩씩하고 유능한 그의 부인은 이상적이고 시민적인 아내이자 건강하고 합리적이며 허용되는 모든 것의 대변자이다. 그녀는 비록 스스로 심각한 정신 질환을 앓게 되지만 결국에는 어리석은 남편을 이기고 살아남게 된다. 마치 고대의 비극처럼……

그렇게 이런저런 책을 읽는 동안 자기 자신과 싸우면서 영원한 수수께끼와도 같은 문제들로 이루어진 세계를 헤쳐 나가는 것이다. 그와 같은 문제들은 결코 해결할 수 없으며 단지 체험할 뿐이다. 그리고 끝에 가서 결국 삶은 우리가 불가능해 보이는 것을 다시 시도해 볼 수 있고 희망이 없어 보이는 것을 새로운 욕구와 열의로 추진할 수 있는 곳으로 끊임없이 우리를 되돌려 놓는다.

정말로 아무 희망도 없이 되풀이되는 듯한 그 고대 비극에서 그나마 사색하는 사람들에게 늘 위안이 되는 것이 있다면 시간으로 이루어진 것은 무엇이든 극복할 수 있으며 시간은 환상에 불과하다는 사실이다. 또한 삶의 상태와 이상 그리고 시대는 반드시 틀에 박힌 대로 차례차례 진행되어 서로 인과 관계를 맺고 있는 것이 아니라, 시간을 초월하여 영원히 존재하기도 한다는 것 그래서 절대자의 왕국 또는 아득히 먼 시간 속으로 옮겨 놓는 것처럼 보이는 또 다른 인간의 이상향이 매 순간 실제 체험과 현실로 다가올 수 있다는 것도 우리에게 많은 위안이 된다.

어딘가에

인생의 사막에서 나는 정처 없이 방황하며
무거운 짐에 겨워 신음한다.
그러나 거의 잊어버렸지만 어딘가에
시원하게 그늘지고 꽃이 만발한 정원이 있음을
나는 안다.

그러나 아득히 먼 꿈속 어딘가에
영원한 안식처가 기다리고 있음을 나는 안다.
그곳에서 영혼은 다시 고향을 찾고
영원한 잠, 밤 그리고 별이 기다리고 있음을
나는 안다.

로지아가 있는 집 Haus mit Loggia

한탄

우리에게는 존재가 허락되지 않는다 한낱 강물일 뿐
우리는 온갖 형태 속으로 기꺼이 흘러든다.
낮이나 밤이나 동굴이나 사원으로
우리는 뚫고 나간다 존재를 향한 갈망이
우리를 재촉한다.

그렇게 우리는 쉬지 않고 형태를 하나씩 채워 간다.
그러나 그 어떤 형태도 우리의 고향이나 행복
또는 고난이 되지 못한다.
언제나 우리는 떠돌아다니고 언제나 우리는 길손이다.
밭도 쟁기도 우리를 부르지 않고

우리는 빵을 벌 수도 없다.

신이 우리를 어떻게 생각하는지 우리는 알지 못한다.
신은 점토와 같은 우리를 손에 쥐고 주무른다.
점토는 말이 없고 조형이 쉬우며
웃지도 울지도 않는다.
점토로 형체가 만들어지기는 하지만
구워지는 일은 결코 없다.

언젠가는 돌로 굳어서 영원해지리라!
그때를 그리며 우리의 갈망은 언제까지나
식을 줄 모른다.
그러나 불안한 전율만이 영원히 남아
우리의 길에 결코 휴식은 없다.

여름날의 기차 여행

또다시 나는 잠시 여행을 떠나 한 시간 반 전부터 기차 안에 앉아 있다. 기차가 출발하고 나서 마치 영겁의 시간이 흐른 것 같은 기분이 들 정도로 기차 여행은 내게 지루하고 불편하며 싫은 일이다.

몇 해 전인가 나는 린트부름[23]이라나 뭐라나 하는 미국인이 비행기로 대서양을 횡단하면서 서른 시간 이상을 비행기 안에 꼼짝 않고 앉아 있었다는 이야기를 들은 적이 있다. 비행이 끝날 무렵 그 남자도 분명 나와 비슷한 기분이었을 것이다.

아니, 그렇지 않았을지도 모른다. 그는 공중으로 날아가면서 대양을 건넜으므로 구름이나 안개, 별과 같이 아름답고 진실되며 거짓 없는 것들만 보았을 테니 말이다. 햇빛이 내리

쬐는 바다와 밤바다를 보면서 여행한다면 서른 시간쯤은 거뜬히 참을 수 있을 것이다. 하지만 이렇게 시간이 너무 길게 느껴지고 아무리 짧은 여행도 고통이 되어 버리는 것은 바다나 하늘이 없기 때문도 아니고 걸리는 시간이나 거리 때문도 아니다.

그것은 내게 너무나 낯설고 혐오스러운 세계 속에 갇혀 있는 것, 문명과 기술로 차고 넘치는 지대에 감금되어 있는 상태에서 기인하는 것이다. 나도 알고 있지만 대도시 사람은 밤낮으로 그리고 꿈속에서조차 그런 지대에서 살고 있으므로 그와 같은 것을 이해하지 못할 것이다. 그러나 비분별인이나 야만인이나 유목인과 다를 바 없는 내게, 자유를 사랑하고 다른 것은 없어도 아쉬워하지 않는 내게 기차와 대도시, 호텔, 사무실, 관청, 공장 등의 지대는 진공 상태의 공간 안에 머무는 것처럼 치명적이다.

내 머리 위쪽에는 검은 색으로 '46'이라는 숫자가 씌어 있는 흰색의 에나멜 판이 래커로 칠한 나무벽에 붙어 있다. 숫자 4도 그렇지만 특히 숫자 6은 결코 사람의 손으로 쓴 것 같지 않은 모양을 하고 있다. 그 숫자들은 마치 관공서에서 어떤 가상의 인간이 가상의 인간들을 위해 고안해 낸 것처럼, 비인간적일 정도로 무미건조하고 생기가 없으며 불쌍할 정도로 추상적이고 딱딱해 보였다. 그런 숫자가 각 좌석 위에 하나씩 붙어 사람들에게 번호를 매기면서 굴욕감을 주고 있었다. 그리고 그 옆에는 에나멜로 칠해진 놋쇠판이 나사로 세심하게 고정되어 붙어 있었는데, 그 위에는 법으로 금지된 것 내지 충고의 말이 적혀 있었다. 금연, 차창 밖으로 머리를 내밀지 말 것, '쓸데없이' 비상 정지 레버를 잡아당기지 말 것 등등.

비상 정지 레버는 어린 시절부터 내 눈에 기차 안에서 가장 근사하고 매력적인 것으로 보였다. 그리고 그 레버를 감히 잡아당겨 볼 엄두를 내지 못했다는 것이 내 생애에서 가장 큰 실수 가운데 하나가 되었다. 길거나 짧은 기차 여행을 수백 번도 넘게 해 오면서 나는 손잡이를 잡아 당겨서 기차를 멈추게 하고 싶은 욕구를 수도 없이 느꼈으며 그 욕구는 소년 시절에 가장 왕성했다. 그러면 잠시나마 왕이 되어 기관차와 기관사, 차장, 승객, 운행 시간표를 마음대로 하고 더 나아가 국가와 국가의 금지령, 복잡한 질서로 가득 차고 지루할 정도로 잘 정비된 세계를 통치하는 주인이 될 수 있을 텐데! 그냥 타원형의 그 손잡이를 힘차게 잡아당기기만 하면 기차가 멈추어 설 것이다. 그러면 승객들은 깜짝 놀라고 차장들은 우왕좌왕하며, 증기 기관이 가쁜 숨을 몰아쉬고 기차칸이 흔들려 가방이 마구 떨어질 것이다.

그러나 나는 한 번도 그러한 욕구를 실행에 옮겨 본 적이 없으며 지금도 감히 그러지 못하고 있다. 그 생각을 하면서 나는 그 다음에 일어날 일을 그럴싸하게 상상해 보았다. 허둥지둥 달려온 차장이 비상 정지 레버를 잡아당긴 이유가 무엇인지 내게 묻는다. 그러면 나는 이렇게 대답할 것이다. 기차 안이 너무 덥고, 저 검은색 숫자와 금지 사항이 적힌 놋쇠판대, 서류 가방을 들고 있는 저 신사의 얼굴을 더 이상 참을 수가 없어서 그만 내려야겠다고. 하지만 나는 그 손잡이를 잡아당기지 않았고, 그저 비겁하게 내 욕구를 희롱하면서 실행에 옮길 용기를 내지 못했다. 사람은 누구나 그렇게 비겁하기 마련이다.

게다가 벽에 붙은 것이 좌석 번호와 금지 문구가 전부라면 또 모르겠다. 거기에는 광고 포스터까지 한 장 걸려 있어서, 이 세상의 모든 광고 포스터와 같은 녹석, 즉 그것으로 누군가가 돈을 벌기 위한 목적에 이용되고 있었다. 더구나 그 포스터는 아주 특이한 방식으로 광고 효과를 높이기 위한 시도를 하고 있었다. 그 기분 나쁜 포스터에는 가시 면류관을 쓴 예수 그리스도가 그려져 있었고, 그리스도의 고통과 죽음을 이용하여 어떤 식으로든 돈을 벌고자 하는 의도가 엿보였다. 사방에서 고통스러워하는 예수 그리스도의 얼굴이 나를 바라보고 있는 것 같았다. 혹 그것은 이 기차를 타고 가는 기독교 신자로 하여금 그 모습을 보고 깜짝 놀라서 그와 같은 신성 모독을 취소하는 조건으로 돈을 내놓게 하려는 공갈 협박이 아닐까?

하지만 그런 것은 아니었다. 나는 여러 승객에게 그에 대해 물어보았는데, 모두들 그런 의도가 아니라고 대답했다. 사람들의 말에 의하면 그 그림은 돈을 버는 것 외에도 예술적인

나무가 있는 오두막 Hütte mit Bäumen

목적에 이용되는 것으로서, 산속 어딘가에서 공연되는 연극에 초대하려는 의도라는 것이었다.

　나는 오랫동안 그 이상한 포스터를 제작한 사람들에 대해 생각해 보았다. 가롯 유다도 자신의 스승을 배반했고, 예수 그리스도는 너무나 자주 배반을 당하여 그런 것에 이미 익숙해 있었는지도 모른다. 과연 그들은 예수 그리스도의 포스터로 많은 돈을 벌 수 있었을까? 분명 은화 30냥에 스승을 팔아넘긴 유다보다는 더 많이 벌었을 것이다. 하지만 가롯 유다는 적어도 그후 스스로 목을 매달아 죽지 않았던가? 그 포스터의 제작자 가운데 과연 한 사람이라도 논을 받은 후에 스스로 목을 맬 것인가? 그렇지 않을 것이다. 나는 그들이 그런 일을 하리라고는 전혀 기대하지 않는다. 요즘 세상에서는 그런 일이 일어났다는 이야기를 듣기 힘들다. 가롯 유다가 스스로 목을 맨 것은 전혀 다른 시대, 전혀 다른 세계에서 일어난 일이었다. 그 세계에서는 사악한 자들과 악당들조차 그래도 예의 바른 면이 있었고 자기 것이 무엇인지 알고 있었던 것이다.

　나는 잠시 눈을 감았다. 그리고는 다음 역이 지옥이라 할지라도 그곳에서 내리겠다고 마음먹었다. 원래 내가 가려고 했던 곳은 프라이부르크였지만, 그 순간 그토록 한심한 여행을 중단하는 것보다 더 절실한 것은 이 세상에 아무것도 없으리라는 생각이 들었다.

　나는 가방을 내린 후 그것을 열어 맨 위에 놓여 있는 오렌지를 눈으로 맛보고는 가지고 온 몇 권의 신간 서적을 이리저리 뒤적거렸다. 서류 가방을 든 사람들과 예수 그리스도의 포스터가 난무하는 이 불가해한 시대에도 끊임없이 기쁨과 만족을 주는 책들을 펴내는 출판업자들이 있다는 것은 다행스러운 일이다. 그 신간들 가운데 올더스 헉슬리의 《연애 대위법》이라는 책은 벌써 끝까지 읽었다. 그 책은 대단히 풍자적이고 냉소적이면서도 아주 재미있는 소설이다.

내가 가지고 온 또 다른 책은 나로 하여금 죽음을 떠올리게 할 뿐만 아니라, 사라진 시대, 즉 전쟁으로 지치고 무의미함과 절망으로 질식해 버릴 것 같던 1918년의 독일에 새롭고 휴머니즘적이며 세계 시민적인 정신 사조가 활활 타올라 혁명의 정신적 지주가 되었던 그 짧지만 근사했던 시대를 기억하게 했다.

정신적인 혁명가들 가운데 그러한 극소수파의 최고 우두머리 격으로 아이스너의 친구인 구스파트 란다우어를 꼽을 수 있을 것이다. 극소수에 불과한 그런 부류의 사람들은 반혁명 세력에 의해 잔혹하게 죽임을 당함으로써 독일 혁명의 순교자(비록 신생 공화국의 성인이 될 수는 없었지만!)가 되었다.

그런 부류에 가까웠을 뿐만 아니라 다양하고 개인적이며 정신적인 친분을 통해 그들과 결속되어 있었던 인물이 바로 루트비히 루비너였다. 그 역시 세상을 떠난 지 이미 오래다. 1895년부터 1898년까지 씌어진 톨스토이의 일기장 가운데 선별하여 그가 새롭게 펴낸 책(취리히의 라셔 출판사에서 출간됨)은 다시금 그를 떠올리게 한다. 루비너의 선별 방식과 의미 있는 그의 서문은 1918년경 급속도로 타올랐다가 곧 다시 꺼져 버린 혁명적인 독일 정신에 근거한 것이다.

나는 그 책들을 다시 가방 안에 집어넣고 잠옷으로 그 위를 덮었다(하나님은 오늘밤 내가 어디에서 자게 될지 알고 계실까?). 그리고는 인내심을 갖고 잠시 더 기다리면서 서류 가방을 들고 있는 신사의 눈을 들여다보았다. 상상력은 존재하지 않고 그저 성공을 거둔 사람에게서 찾아볼 수 있는 차갑고 당당한 눈이었다. 나는 내 시선이 에나멜로 칠해진 놋쇠판이나 예수 그리스도의 포스터로 향하려고 하면 얼른 눈을 감아 버렸다.

1840년대에, 그러니까 우리 부친이 세상에 태어날 무렵에는 기차처럼 폭력적이고 상스러운 발명품을 도입하는 것에 격렬하게 반대하던 몇몇 군주와 재상들이 있었다는 생각이 잠시 스쳐 지나갔다. 앞날을 내다볼 줄 알았던 그 선조들을 그 당시 사람들은 멍청하다고 여겼다. 그 선조들이 이겼더라면! 하지만 그들은 몽상가 내지 돈키호테로 취급당했으며, 아무도 그들의 말을 진지하게 받아들이지 않았다. 그들, 그리고 나와 같은 부류의 사람들이 하는 말은 결코 진지하게 받아들여지지 않는다. 예수 그리스도조차도 이제는 더 이상 진지하게 받아들여지지 않을 것이고, 현대인들의 눈에는 그 또한 돈키호테 혹은 그들의 어리석은 표현대로라면 '낭만주의자'에 지나

나무 뒤로 보이는 산 Berge hinter Bäumen

지 않는다.

이제 속도를 점점 늦추고 있는 기차는 곧 기차가 내뿜는 연기 때문에 그 표지판을 읽을 수 없는 미지의 역에 멈추어 설 것이다. 그 마을 이름이 무엇이든 개의치 않고 나는 내릴 것이다. 그리고 근처 어딘가에서 틀림없이 숲을 발견할 것이고, 그 가장자리에 누워 구름을 바라볼 수 있을 것이다. 또 근처 어딘가에서 시냇물을 찾아내어 얼굴을 시원하게 적시고 헤엄쳐 다니는 송어를 관찰할 수 있을 것이다. 몇년 전인가 나는 그런 식으로 기차 여행을 중단하여 특별한 행운을 잡았던 적이 있다. 그곳은 잠들어 버린 듯 조용한 라인 강 상류의 소도시로 들어가는 성문 앞이었다. 그때 나는 축축하게 젖은 풀밭 위에서 혼례 춤을 추고 있는 오디새 한 쌍을 보았다. 그 춤은 오디새만이 출 수 있는 것이었다.

드디어 나는 가방을 들고 비틀거리며 기차에서 내려 몇개의 플랫폼을 건넌다. 그리고는 키 큰 물푸레나무로 멋지게 뒤덮인 나지막한 언덕을 발견하고 그리로 걸어간다. 역을 지나오고 한참 후에야 그곳의 지명을 모른다는 생각이 문득 들었다. 다카스커스나 도쿄일 리는 없을 터이니 상관없다. 어차피 저녁이 되면 그곳이 어디인지 알게 될 것이다.

---

23) Lindwurm : 용과 비슷한 전설상의 괴물. 1927년 세계 최초로 대서양 횡단 무착륙 단독 비행에 성공한 미국인 조종사 린드버그Lindbergh를 장난스럽게 일컫는 듯하다.

우리가
알지 못하는 것

화요일에 할 일을
목요일로 미루는 일을
한 번도 하지 못한 사람이 나는 불쌍하다.
그는 그렇게 하면 수요일이 몹시 유쾌하다는 것을
아직 알지 못한다.

불꽃놀이

내 친구들은 물론이고 나를 싫어하는 사람들까지 오래 전부터 나에게 잔소리를 퍼붓는 것이 있다. 그것은 내가 오늘날 인류의 자랑거리인 갖가지 발명품에 대해 전혀 기쁨을 느끼지 못하고 또 그런 것들을 믿지 않는다는 것이다. 나는 과학 기술이라는 것을 믿지 않으며 발전의 이념에 대해서도 신뢰하지 않는다. 또한 나는 우리 시대의 찬란함이나 위대함도 믿지 않을뿐더러 우리 시대의 어떤 '지도적 이념'이라는 것도 믿지 않는다. 그런 반면에 사람들이 '자연'이라고 부르는 것에 대한 나의 경외심은 무한하다.

그렇지만 내가 자연의 힘을 기만하면서까지 감탄해 마지

종려나무가 있는 오두막 Hütte mit Palmen

않으며 애정을 갖게 되는 발명품들도 더러 있다. 나는 그런 것들을 자연의 현상만큼이나, 아니 그보다 더 사랑한다.

자동차 경주 따위는 내 방에서 나를 1미터도 끌어내지 못한다. 그에 반해 나는 진심이 담긴 음악을 듣거나 아름다운 건축물을 바라봄으로써, 그런 것들을 만들어 낸 인간의 정신에 경탄한다.

엄밀히 따진다면 그런 것들은 사실 내가 혐오하고 불신하는 '쓸모 있는' 발명품에 지나지 않는다. 이른바 유익하다고 하는 그 성과물에는 항상 불쾌한 침전물이 따라다닌다. 그런 것들은 하나같이 너무나 천박하고 편협히며 지나치게 성급하다. 그래서 우리는 그런 것들이 주는 자극에 너무나도 쉽게 휩쓸려 들어갔다가 곧 그 무가치함이나 탐욕스러움에 부딪히게 된다. 뿐만 아니라 유익하다고 하는 그 문화 현상들은 어디서나 추잡한 짓거리와 전쟁, 죽음, 은폐된 불행 등의 긴 꼬리를 남긴다.

문명의 뒤를 쫓아가 보면 온갖 찌꺼기와 쓰레기가 산더미를 이루고 있는 지구의 모습을 보게 된다. 그처럼 유익한 발명품이라고 하는 것은 근사한 세계 박람회나 고상한 자동차 전시장을 가져왔을 뿐만이 아니라, 창백한 얼굴을 하고 몇 푼 안 되는 임금으로 비참하게 살아가는 수많은 광부들과 질병 그리고 황폐함을 초래하기도 하였다. 인류는 증기 기관과 터빈

장치를 갖는 대신에 끝없이 파괴되어 가는 지구와 인간의 모습을 지켜보아야 하며, 노동자와 기업가의 얼굴에 나타나는 표정, 그 일그러진 영혼의 모습, 파업과 전쟁 등 불행하고 끔찍한 일들로 그 대가를 치르고 있다.

반면에 인간이 바이올린을 발명한 것이나 누군가 피가로의 아리아를 작곡한 것 등은 결코 그 대가를 치를 필요가 없는 일이다. 모차르트나 뫼리케로 인해 세상이 대가를 치러야 했던 것은 별로 없으며, 그들은 햇빛처럼 거의 공짜나 다름없는 존재였다. 하지만 기술 분야에 회사에 직원을 고용하려면 값비싼 대가가 따르게 마련이다.

그러나 이미 말했듯이, 어떤 발명품에 대해서는 심심한 경의를 표하는 바이다! 특히 나는 어린 시절부터 쓸모없다거나 게으른 것, 장난 혹은 낭비에 불과하다고 낙인찍힌 발명품이라면 무엇이든 열정적으로 좋아했다. 그와 같은 예술에 속하는 것은 음악이나 문학과 같은 것이 전부는 아니고 다른 것들도 많이 있다. 쓸모없는 예술일수록 아쉬울 때 임시변통으로 이용되는 일이 적으며, 사치와 게으름, 유치함 등을 지니고 있는 예술일수록 나는 더 많은 애정을 가지고 있다.

알고 보면 인류가 항상 자신의 방식을 고집하는 것은 아니며 철저히 현실적이거나 유용한 것만 따지지도 않을뿐더러 그렇게 탐욕스럽거나 타산적이지도 않다는 사실을 깨닫게 되는 것은 내게 근사하고도 묘한 경험이다. 얼마 전에 나는 또다시 그 사실을 입증해 주는 너무나도 황홀한 장면을 경험하였다. 내가 사는 호숫가의 작은 도시에서 요란한 불꽃놀이가 벌어졌던 것이다. 중간중간의 휴식 시간까지 합쳐 거의 한 시간 동안 계속된 그 불꽃놀이는 비용이 최소 수천 프랑은 족히 들었을 법했다. 그 장면을 보면서 내 심장은 웃고 있었다.

시의회와 관광 협회가 시민 위원회와 더불어 주관한 그 행사는 나와 다른 사람들을 매혹시키기에 충분했지만, 유용성만 따져 대는 국민경제학자의 눈에는 분명 미진 싯서리처럼 보였을 것이다. 불꽃놀이를 주최한 사람들은 스스로에게, 그리고 그곳에 와 있던 휴양객들에게 진정한 즐거움을 선사하기로 결정했던 것이다. 그리고 그들은 세상에서 가장 근사하고 무익하며, 가장 빠르고 경박하면서 유쾌한 방법을 이용해 남아도는 수천 프랑을 공중으로 날려 보내기로 마음먹었다.

그들의 그러한 의도는 대단한 성공을 거두었다고 하지 않을 수 없었다. 그것은 그야말로 장관이었다. 불꽃놀이는 굉장한 대포 소리와 함께 시작되었는데, 그 소리는 전쟁과 살인에 대한 패러디로서, 약삭빠른 인간이 만들어 내고 사용한 가장 진지한 힘을 음악적이고 해학적으로 이용한 것이었다.

그렇게 불꽃놀이가 계속되었다. 포탄이나 유산탄을 발사하는 것이 아니라 로켓과 발광탄이 폭음을 내며 터졌고, 처참한 비명 소리 대신에 황홀한 탄성이 터져 나왔다. 비용이 많이 드는 전쟁 못지않은 불꽃놀이는 폭죽이 터질 때마다 화려하고 유쾌한 분위기를 마음껏 발산하였다.

그밖에도 매우 현명하고 신중하며 미리 계산된 그 전쟁은 결코 일반적인 전쟁처럼 어리석고 무식하게 진행되지 않았다. 물론 진짜 포탄이 오고 가는 실제의 전쟁도, 또 장군들이 지휘하는 전쟁도 매우 현명하고 상세한 계획과 사전 예측을 기초로 하고 있다. 다만 유감스럽게도 그런 전쟁은 항상 예측과는 전혀 다르게 진행되기 때문에 결국 확실하게 계산된 전술을 실행에 옮기지 못하고 아무도 예측하지 못했던 비열한 짓거리에 휘말리게 되는 것이다.

그러나 그 화려한 소규모의 전쟁에서는 모든 일이 예상했던 대로 이루어졌으며, 발단과 서막에서부터 전개, 지연 그리고 감탄을 자아내는 결말에 이르기까지 모든 것이 의도했던 것과 한 치의 오차도 없이 진행되었다. 대부분의 전쟁이 참모진의 계획에도 불구하고, 맹목적이며 야만적인 행위가 되어버리는 것과는 달리 그것은 분별력 있고 유희적이며 철저하게 정신적인 것이었다.

어떻게 하면 많은 돈을 최대한 빠른 시간 안에 아무런 부

2월 아침의 루가노 호숫가 Februarmorgen am Luganer See

작용 없이 좀 더 많은 사람에게 기쁨을 주며 탕진해 버리느냐가 관건이었다. 그 문제는 아주 독창적인 방법으로 말끔하게 해결되었다. 그 방법이란 바로 대형 로켓을 몇 개의 큰 다발로 묶은 다음 그것을 단시간 내에 공중으로 쏘아 올리는 것이었다. 그러한 진행 과정은 불꽃놀이 주최측의 의도와도 일치했으므로, 마치 악보의 마법적인 지시에 따라 연주되는 교향곡처럼 모든 일이 계획대로 순조롭게 진행되었다. 그리고 그 진행 과정의 매 순간이 우리 구경꾼들에게는 긴장과 환희의 연속이었다. 우리는 그와 더불어 고상하고 순수한 예술을 대할 때와 똑같은 체험을 하게 되었다. 신적이고 정신이 빛을 발하는 삶의 공간에 대한 기억, 아름다움이란 모두 그토록 빨리 사라지고 결국 시들어 버린다는 것에 동의하는 고통스러운 미소, 사치스러운 연극에 대담하게 동의하는 것 등등.

어쩌면 구경꾼들 중에는 이 근사하고 덧없는 연극에 들어간 돈의 10분의 1, 아니 20분의 1이라도 자신에게 주어진다면 얼마나 좋을까 하고 이따금씩 생각하는 속 좁고 불쌍한 사람들도 있었을지 모른다. 하지만 그런 사람들은 소수에 불과했을 것이다. 그날 저녁의 축제 분위기에서 느낄 수 있었듯이 대다수의 구경꾼들은 그처럼 쓸데없는 생각은 전혀 하지 않았다.

그들은 눈을 크게 뜨고 머리를 뒤로 젖힌 채 웃기도 하고 말없이 넋을 잃고 쳐다보기도 했다. 그 광경의 아름다움에 매료된 그들은 또한 그 질서정연함에 대비되는 너무나도 명백한 무가치성, 그 무가치한 일을 위해 쏟아 부은 돈과 막대한 인력 낭비, 즉 단지 잠시 즐기기 위해 엄청난 비용을 들여 작동시킨 그 기발한 기구에 충격을 받은 것처럼 보이기도 했다. 하지만 이렇게 말해도 좋을지 모르겠으나, 내가 보기에 완전히 매혹당한 구경꾼 대부분이 그때 체험한 감정, 즉 경건한 느낌은 주일날 교회에서 신도들이 설교를 들을 때 받는 느낌과 아주 유사한 것 같았다.

내 친구들이나 나를 적대시하는 사람들이 말하는 것처럼 내가 정말로 불평만 해 대는 사람이라면, 나는 그 불꽃놀이가 아무리 매혹적으로 보여도 분명 그 뒤에 뭔가 불쾌한 일이 감춰져 있으리라고 의심했을 것이다. 호텔 주인과 시의회가 그들의 돈을 없애기 위해서가 아니라 오히려 간접적으로 돈을 벌기 위해 그런 행사를 주최했을 수도 있는 일이다. 또 공중으로 날려 보낸 돈의 대부분이 사실은 꿍꿍이를 가지고 용의주도하게 다음 전쟁을 준비하는 곳, 즉 폭약 생산자의 손에 그대로 남아 있을지도 모른다.

그처럼 특별히 머리를 쓰지 않더라도 얼마든지 그 근사한 불꽃놀이의 체험을 무가치한 것으로 만들 수 있었을 것이다. 하지만 나는 그런 의심을 갖지 않으려고 조심했다. 지금도 나

는 거대한 황금빛 꽃받침에서 떨어져 나온 초록빛과 붉은빛
의 작은 별들이 소리를 내며 쏟아져 내리던 모습에 도취되어
있으며, 하늘을 반쯤 덮었다가 순식간에 완전히 사라져 버리
던 그 불꽃을 떠올리며 행복해한다.

그렇다. 나는 아직도 그 장면에 매료되어 있는 것이다. 그
모습은 정말로 장관이었다. 붉은 불꽃비가 흩날리는 눈송이처
럼 조용히 밤하늘을 수놓았다가 사라지고 그 뒤에 있던 진짜
별들이 다시 모습을 드러내는 장면은 얼마나 근사했는지! 또
한 당당한 모습으로 사납게 솟아오르던 독특한 형태의 로켓
도 내 마음에 들었다. 그 로켓은 반 시간 동안 밤하늘 전체를
그 불꽃으로 채울 듯한 기세였으나 자기 궤도의 정점에 이르
자마자 갑자기 성난 듯 짧은 폭발음과 함께 사라져 버렸다. 마
치 성대한 파티에 참석하기로 결심한 신사가 연미복을 차려
입고 온갖 휘장을 두른 후 파티장에 들어섰으나, 그 파티장을
보는 순간 갑자기 불쾌해져, 결국 입을 꼭 다문 채 돌아서서
혼자 이렇게 중얼거리며 그곳을 떠날 때처럼. "아, 너희 모두
가 나를……."

우리는 영겁의 어느 늦가을, 즉 몰락하여 소멸되어 가는
세계에 살고 있다. 많은 사람들에게 지옥처럼 여겨지고 거의
모든 사람들을 불안하게 만드는 이 세계의 위협은 갈수록 커
지고 있다. 그 소멸 과정이 종결될 때까지 앞으로 백 년이 더

포도나무가 있는 정원 계단 Gartentreppe mit Reben

걸리든, 십 년 혹은 그 이하가 걸리든 간에, 또 핵무기 전쟁으로 인류가 자멸함으로써, 혹은 도덕과 정치의 붕괴로 인해 종말이 오든 아니면 인간이 자기 손으로 만든 기계에 의해 정복당함으로써 파멸을 자초하게 되든 간에, 우리는 인도 사람들의 생각대로라면 시바 신이 새로운 피조물에게 자리를 마련해 주기 위해 춤을 추면서 세상을 마구 짓밟는 그 최후의 시간을 향해 가고 있다.

우리는 비대해진 국가 권력과 무가치한 자원 전쟁, 셀 수 없이 많은 동식물의 멸종, 아름다움과 쾌적함이 자취를 감추어 버린 도시와 시골의 모습에서 세계사, 다시 말해 우리 시대의 역사가 깊이 병들어 있는 것을 본다. 공장들은 악취를 풍기고 물은 오염되어 있으며 언어와 가치, 사고 및 신앙 체계까지 병들어 시들고 있다. 조용히 그러나 급속도로 가속화되고 있는 그 붕괴 과정의 맞은편에 과학 기술적인 지능과 그 성과의 눈부신 발전이 있다는 것, 그리고 우리가 곧 기계화된 삶의 원심분리기에서 빠져나와 우주로 향할 수 있으리라는 것은 사색가들보다 오히려 대중에게 더 많은 위안이 되고 있는 듯하다.

밤의 사색

우리 인간은 다른 누군가를 살해하고
출생과 무덤 사이를 탐욕스럽게 오간다.
두려움에 떨면서도 열정으로 벌겋게 타오르면서
우리의 두려움이 우리에게 데려다 준
지배자에게 아첨한다.
다가올 행복에 대한 거짓 이야기에 귀 기울이며
오늘을 영원히 내일에게 제물로 바친다.
불안하고 보호받지 못하는 삶을 살면서
먼 옛날을 부러워하며 뒤돌아본다.
미래와 과거 두 낙원 사이에 있는

지옥이 우리가 살 곳으로 정해져 있다.
그리고 우리는 이 지옥에서의 삶에
거짓 목표와 거짓 의미를 부여하려고 애쓴다.
우리 시대만큼 절망적이고 잔혹한 시대는
결코 없었다고 생각하면서
죽음을 이토록 가까이 행복을 이토록 멀리 느끼고
순수함과 빛 그리고 쾌유를 애타게 갈망한다.

그러나 우리 발밑에는 대지가 충실하게
제자리를 지키면서
어머니처럼 묵묵하게 자연을 다스리고
씨앗과 새싹으로 자신의 영원한 생성을 표현한다.
우리가 아무리 겁에 질린 아이들처럼 소리를 질러도
대지는 미소만 지을 뿐이다.

보라 우리 위에 똑같이 미소를 지으며
은총이자 피난처인 정신이 기다리고 있다.
자신의 방황하는 자녀들을 위한
약속과 위로를 가득 담은 채
정신은 많은 자녀들을 어머니에게
되돌려 보내는가 하면
다른 자녀들은 빛으로 데려간다.

언덕 위의 교회당 Kirchlein Oben Hügel

영원한 대지와 정신 사이에서
그 모성의 세계와 부성의 세계 사이에서
세상의 혼 사랑의 기적이 피어난다.
사랑의 기적은 혼란스러운 세상의 소음이
조화를 이루도록 조절하고
그 마술로 우리의 얼어붙은 몸을 활활 타오르게 하며
형제인 우리들을 성스러운 합창단에 가지런히 세운다.
친구여 너는 괴로워하며 아무런 희망도 없이
너의 어두운 길을 가고 있다.
하지만 사랑의 은총은 네게도 열려 있다.
네가 외로움과 공허함 가운데 서 있으며
잔인한 세상의 공포에 둘러싸여 있다고 느끼는 동안
행복이나 의미 감정 삶이라는 것을 전혀 모른 채
고통받고 있는 형제들이 도처에서 너를 기다리고 있다.
눈을 크게 뜨고 바라보라 그리고 다른 사람들을 위해
너 자신을 바쳐라! 네게는 가난한 사람들에게
베풀 빵도 위로도 조언도 없다.
너 자신과 너의 슬픔 너의 고난을 그들에게 주어라.
네게 마음의 문을 닫고 있는 그들과 대화를 나누어라.
말과 시선 그리고 몸짓으로 사랑을 표현하라.
그러면 항상 기다리고 있는 늙은 대지가 네게
또 아버지 같은 영혼이 네게

자신의 감각과 영원한 힘을 열어 줄 것이다.

너는 혼돈 속에서 고향을 발견하게 될 것이며

무의미한 공포를 직관할 수 있고 인내할 수 있으며

해명할 수 있을 것이다.

그리고 너는 네 지옥의 자욱한 연기 한가운데서

깨어나 소생할 것이다.

기뻐할 줄 아는 능력

　　나는 '투쟁'이라는 것에 더 이상 아무런 매력도 느끼지 못하게 된 이래로 비투쟁적인 것이나 고귀한 슬픔, 무언의 우월함과 같은 것이라면 무엇이든 사랑하게 되었다. 그리하여 나는 투쟁에서 번뇌로 이르는 길과 결코 부정적인 것만은 아닌 인내라는 개념 그리고 공자를 비롯하여 소크라테스와 기독교에 이르기까지 언제나 동일한 것인 '도덕'이라는 개념을 발견하였다.

　　고대 중국의 고전에서 말하는 '현자'나 '완성된 자'란, 인도 철학이나 소크라테스 철학에서의 '선한 인간'과 똑같은 유형이다. 그런 인간이 지니고 있는 힘은 그가 누군가를 죽일 준비가 되어 있는 것에 있지 않고, 반대로 죽임을 당할 준비가 되어 있다는 것에 있다. 붓다에서 모차르트에 이르기까지 모든 고귀함과 모든 가치, 업적과 삶에서의 완전한 순수성과 유일무이함은 바로 거기에 그 뿌리를 두고 있는 것이다.

오늘날 정신이 말짱히 깨어 있는 인간으로서 우리는 모두 절망 속에 살고 있다. 그래서 우리는 신神과 무無 사이에 위치하며 그 사이에서 호흡하고 이리 갔다 저리 갔다 한다. 매일같이 목숨을 내던지고 싶은 마음이 울컥 솟구치지만 우리는 우리 내면에 있는 초개인적이고 초시간적인 무엇인가에 의해 매번 저지당한다. 때로는 우리가 약하기 때문에 저지르는 일이 영웅적이지는 않너라도 용기 있는 행동이 되기두 하다.

세계가 너무나 부패하고 위태로워 보여서 그로 인해 인류에 대한 믿음과 협력에 대한 의욕을 상실해 버릴 지경이다. 그러나 바로 그렇게 의기소침해진 상태에서 나는 쓸모없어 보이는 일이라도 계속 해 나가려는 완고함과 고집스러움을 또다시 얻는다.

신이 생각했으며 여러 민족의 문학과 지혜가 수천 년 동안 이해해 왔던 인간은 자신에게 쓸모가 없는 것일지라도 그것에 대해 기뻐할 줄 아는 능력과 아름다움을 느끼는 기관을 가지고 태어났다. 아름다움에 대한 인간의 기쁨에는 항상 정신과 감각이 똑같이 관여한다. 그 때문에 인간은 궁핍하고 위태로운 삶의 한가운데서도 자연이나 그림에서의 색채, 폭풍이나 바다 혹은 인간에 의해 만들어진 음악 소리와 같은 것들에 대해 기뻐할 수 있고, 이해나 고민거리를 떠나 세계를 전체로 보고 느낄 수 있다. 장난치는 어린 고양이의 머리 놀림을 비롯하여 소나타의 변주곡에 이르기까지, 마음을 움직이는 강아지의 시선을 비롯하여 어떤 시인의 비극에 이르기까지 연관성, 수없이 다양한 방향의 관계, 일치, 유추, 반영 등은 바로 거기에 그 본질이 있다.

영원히 흐르는 강물과도 같은 그러한 언어에서 듣는 사람은 기쁨과 지혜, 재미와 감동을 얻는다. 그리하여 인간은 자신에 대한 의심을 언제든지 극복할 수 있으며 감각 덕분에 자신이 존재할 수 있는 것이라고 생각하게 된다. 왜냐하면 '감각'이라는 것은 바로 당연한 것의 일치, 혹은 세상의 혼란을 통일과 조화로 예감할 수 있는 정신의 능력이기 때문이다.

파랑 나비

조그만 파랑 나비 한 마리가
바람에 나부끼며 날아간다.
진주모 색깔의 떨림이
반짝반작 빛을 뿌리며 사라져 간다.
그토록 순간적인 반짝임으로
그렇게 스쳐 지나가는 펄럭임 속에서
나에게 눈짓하는 행복을 보았다.
반짝반짝 빛을 뿌리며 사라져 가는 행복을.

삶의 진정한 아름다움

아름다운 삶의 비결

차가운 네온 불빛이 비치며, 겉보기에 완전한 듯한 의식과 이성의 구역으로 이르는 길이 있다. 그러나 그 구역을 지나온 사람에게는 다시 대지가 있고, 온기와 순수함 그리고 사랑이 있다. 그곳은 도피를 통해서가 아니라 차가운 구역을 초월함으로써 도달할 수 있으며, 다시 잃어버렸다가 또 되찾을 수도 있다.

유쾌함이란 장난이나 자만심과는 거리가 먼 것으로서, 인간의 가장 고귀한 인식이자 사랑이며 모든 현실을 긍정하고 모든 나락과 심연의 가장자리에서 깨어 있는 것이다. 또한 그것은 성인과 기사의 미덕이며, 방해할 수 없고 나이가 들어 죽음에 가까이 갈수록 계속해서 줄어드는 것이다.

그리고 유쾌함은 아름다움의 비결이며 모든 예술의 실체를 드러내는 본질이다. 인생의 찬란함과 끔찍함을 자신의 시로 경쾌하게 찬미하는 시인과 그런 것이 현재 그대로의 모습으로 울려 나오게 하는 음악가는 빛을 가져오는 사람이며, 비록 처음에는 우리에게 눈물과 고통스러운 긴장감을 가져다주더라도 결국 이 세상의 기쁨과 밝음을 배로 늘리는 사람이다. 어쩌면 우리를 매료하는 시를 쓰는 시인이 슬픔에 가득 찬 고독한 자였고 음악가는 우울한 몽상가였을지도 모르지만, 그렇다 하더라도 그들의 작품은 신과 별들의 유쾌함을 함께 나누고 있는 것이다.

시인이나 음악가가 우리에게 주는 것은 그의 어둠이나 고통 혹은 근심이 아니다. 그들은 순수한 빛, 즉 영원한 유쾌함 가운데 한 방울을 우리에게 나누어 준다. 모든 민족과 언어가 신화나 우주진화론 또는 종교에서 세계의 깊이를 재려고 아무리 애써 봐도 그들이 도달할 수 있는 최후이자 최고의 경지는 바로 그 유쾌함이다.

나는 어떤 이론에도 끄떡없을 만큼 완성된 가르침을 주어야 한다고 지지하지는 않는다. 나는 늘 생성과 변화를 추구하는 인간이다. 그러므로 내 책에는 '누구나 혼자'라는 것과 더불어 다른 것들도 담겨 있다. 이를테면《싯다르타》전체는 사랑에 대한 고해이며, 그러한 고해는 나의 다른 책에서도 찾아

볼 수 있다.

    독자들이 내게 요구하는 것이 나 자신이 가지고 있는 삶에 대한 신념보다 더 많이 보여 주는 것은 분명 아닐 것이다. 내가 이미 여러 번 열변을 토한 바 있듯이 진정으로, 정말로 살 만한 가치가 있는 삶은 우리 시대와 그 정신의 범위 내에서 이루어지기는 전혀 불가능하다. 그에 대한 나의 믿음은 절대적이다.

    그럼에도 불구하고 내가 살아 있다는 것, 즉 이 시대, 거짓과 물질적인 탐욕, 광신, 야비함이 난무하는 이 분위기가 나를 죽이지 않은 것은 다행스럽게도 두 가지 이유 덕분이다. 한 가지는 내가 내면에 지니고 있는 천성이라는 위대한 유산이고, 또 한 가지는 그래도 생산적인 삶을 내게 부여해 주는 상황이다. 그런 것이 없다면 나는 살 수 없을 것이다. 또한 그 때문에 내 삶은 종종 지옥이 되곤 한다.

올림사음과
내림가음

그대가 사랑하고 추구하는 것
그대가 꿈꾸고 체험하는 것
그것이 기쁨이었는지 혹은 슬픔이었는지
그대는 확신할 수 있는가?

올림사음과 내림가음, 반음내림마음과 반음올림라음
그대의 귀는 그런 것들을 구별할 수 있는가?

세상이여
안녕

세상이 산산조각으로 흩어진다.
한때는 우리가 그것을 몹시 사랑했었다.
그러나 이제는 죽음이 우리를
그토록 두렵게 하지 않는다.

이 세상을 변화시키려고 하지 말라.
세상은 여전히 화려하고 거칠고
그 안에 태초의 마법이 머물러 있고
아직도 여전히 그 모습을 간직하고 있다.

고마운 마음으로 우리는 떠나야 한다.

이 땅의 한바탕 유희에서
세상은 우리에게 기쁨과 고통을 주었고
많은 사랑을 주었다.

세상이여, 안녕.
예쁘게 꾸며
다시 윤기 흐르는 젊음이 되거라.
우리는 그대가 우리에게 허락한 행복과
고난을 이제는 더 이상 맛보고 싶지 않다.

백일초 der indischer Flieder

〈삶의 고통과 슬픔을 이기고 무의미에 맞서는 법〉

지금도 젊은이들은 이름을 지을 수 없는 두려움으로 친구의 손을 붙잡고 삶의 번뇌를 위로해 주고 있을까? 자기가 자라 온 만큼만 알고 있는 지나온 삶의 그림자를, 알 수 없는 먼 미래에 투영하며 지금껏 살아왔듯이 앞으로도 잘 살아갈 수 있을 거라고 근거도 없는 다짐을 하며 외로움을 밀어내고 있을까? 당연히 든든한 울타리가 되어 줄 거라고 믿어 왔던 부모님과 형제들 그리고 선생님의 변함없는 존재에도 불구하고 문득 삶을 각자 자기 혼자 꾸려 가야 된다는 것을 깨닫고 서러움에 복받쳐할까? 내가 아주 오래 전 병명도 모르는 불치병에 시달리듯 생명의 유한함과 젊음의 무지함에 눈물을 삼켰던 것처럼?

헤세는 '삶을 견디는'이라고 이 책에 제목을 붙였지만 나는 그의 생각에 동의할 수 없다. 삶은 견디는 대상이 아니라고 생각하기 때문이다. 그는 아마도 굳이 가르쳐 주지 않아도 누구나 만끽할 수 있는 삶의 기쁨이 아니라 살아가면서 짊어져야 할 고통을 이겨 내는 방법을 제시하려고 했던 것 같다.

"행복과 고통은 우리의 삶을 함께 지탱해 주는 것이며 우리 삶의 전체라고 할 수 있다. 고통을 잘 이겨 내는 방법을 아는 것은 인생의 절반 이상을 산 것이라는 말과 같다. 고통을 통해 힘이 솟구치며 고통이 있어야 건강도 있다. 가벼운 감기로 인해 어느 날 갑자기 푹 쓰러지는 사람은 언제나 '건강하기만' 한 사람들이며 고통받는 것을 배우지 못한 사람들이다. 고통은 사람을 부드럽게도 만들고, 강철처럼 단단하게도 만들어 준다."

그는 고통의 의미를 그렇게 해석하면서 고통이 사람을 부드럽게 만들고, 강철처럼 단단하게 만든다고 했다. 이름을 모르는 것은 오래 기억하기 어렵다. 더구나 그 의미를 파악하지 못하는 것은 뇌리에 잠시 스치고 지나갈 뿐이다. 그런 의미에서 '덧없고, 잔인하고, 어리석고, 그럼에도 불구하고 화려한 인생'을 어떻게 살아가야 할지 가르쳐 주는 그의 충고는 따뜻하고, 전략적이다.

그는 삶의 잔혹함과 죽음을 회피할 수 없음에 불평하지 말고, 그런 절망감을 몸으로 느끼면서 받아들일 것을 충고했다. 자연의 추함과 무의미함을 받아들일 수 있어야만 비로소 우리가 그것에 맞설 수 있고, 그 의미를 찾을 수 있다고 본 것이다. 그는 그것이 우리 인간이 할 수 있는 능력 가운데 최고의 것이고, 또한 유일한 일이라고 했다.

마치 평생 도를 닦은 노승의 그것처럼 해탈한 듯한 그의 투명한 미소는 삶에 대한, 삶의 고통에 대한 그의 오랜 사색에서 비롯되었을 것이다. 사람이 태어나 장수하기도 어려운데, 80년이 넘게 이 세상에서 호흡했으며 더구나 그런 맑은 모습을 노년까지 간직할 수 있었던 것은 그가 삶의 슬픔과 고통을 굳이 외면하지 않았지만 그렇다고 그것에 정복당하지도 않으려고 했던 용기와 삶에 대한 끝없는 도전으로 가능했을 것이다. 그가 '새로 태어나고 싶은 사람은 죽을 각오가 되어 있어야 한다'고 말하지 않았던가?

동시대를 살아가는 많은 사람들이 이 책을 통해 삶을 아름답게 살아간 그의 지혜를 한 수 배울 수 있게 된다면 역자로서 더할 나위 없는 기쁨이 될 것 같다. 특히 어느새 조금씩 부모의 품을 벗어나 홀로서기를 하려는 우리 성표와 성우에게도 이 책을 권해 모자란 가르침을 채워 주고 싶다.

아름다운 우산봉 자락에서
유혜자

헤르만 헤세 연보

1877.7.2. ~ 1962.8.9

1877년 독일 뷔르템베르크의 칼프에서 태어났다 아버지 요하네스는 목사였으며, 어머니 마리도 유서 있는 신학자 가문의 자녀였다. 외조부 헤르만 군데르트는 신학자로서 인도에서 수년 동안 선교사의 삶을 살았으며 헤르만 헤세는 할아버지의 인격과 인도학印度學, 그리고 그가 소장한 수천 권의 장서를 보며 영향을 받았다.

1883년 스위스 바젤에서 지내면서 시민권을 취득했다.

1890년 스위스 국적 포기하고 독일 시민권 회복했으며 라틴어 학교에 입학했다.

1891년 마울브론 신학교에 입학했으나 자유로운 영혼의 소유자였던 그는 신학교의 꽉 짜인 생활과 규칙들을 답답해한 나머지 7개월 만에 학교를 그만두었다.

1892년 자살 기도 후 슈테텐 신경과 병원에 입원하였으며 노이로제가 회복된 후 다시 칸슈타트 인문 고등학교에 입학하였지만 1년도 되지 않아 학교를 그만두었다.

서점의 견습 점원이 되어 일하다가 칼프에 있는 시계 공장에서 3년간 일하였고, 문학 수업을 시작하였다.

1895년 튀빙겐의 서점에서 견습점원으로 재취업하면서 낭만주의 문학에 심취하게 된다.

1899년 시집 《낭만적인 노래Romantische Lieder》와 산문집 《자정 이후의 한 시간 Eine Stunde hinter Mitternacht》을 출간했다.

1904년 최초의 장편소설 《페터 카멘친트Peter Camenzind》를 출간하였으며 이로 인해 유명세를 타고 문학적 지위를 얻게 되었다.

9살 연상의 피아니스트 마리아 베르누이Maria Benrnoulli와 결혼하여 스위스의 보덴으로 이주하여 시 쓰기에 전념하였다.

1906년 현실의 무게는 수레바퀴 밑으로 그들을 밀어 넣지만 결코 짓눌려서도 지쳐서도 안 되는 소중한 청소년기에 청소년들이 겪는 불안한 열정과 미래, 방황과 좌절을 섬세하게 묘사한 《수레바퀴 밑에서Unterm Rad》를 출간하였다.

1910년 예술가의 내면세계를 그린 장편 음악가 소설 《게르트루트Gertrud》를 출간하였다.

1912년 단편집 《우회로들Umwege》을 출간하였고 스위스 베른으로 이주하였다.

1913년 여행기 《인도에서 : 인도 여행의 기록Aus Indien : Aufzeichnungen von einer indischen Reise》을 출간하였다.

1914년 화가를 주인공으로 한 소설 《로스할데Rosshalde》를 출간하였다.

1915년 단편집 《크눌프Knulp》를 출간하였다.

1919년 에밀 싱클레어라는 가명으로 정신분석 연구로 자기탐구의 길을 개척한 대표작으로 평가받는 《데미안Demian》을 출간하였다.

1922년 《싯다르타Siddhartha》를 출간하였다.

1923년 스위스 국적을 취득하였다.

1924년 자전적 수기 《요양객Kurgast》을 출간하였다.

1927년 《황야의 늑대Der Steppenwolf》를 출간하였다.

1930년 《나르치스와 골트문트Narziss und Goldmund》를 출간하였다.

1943년 《유리알 유희Das Glasperlenspiel》를 출간하였다.

1946년 노벨 문학상과 괴테상을 수상했다.

1954년 서한집 《헤세와 로맹 롤랑의 왕복 서한》을 출간하였다.

1962년 정원 가꾸는 것을 좋아하던 그는 8월 9일 몬타뇰라에서 향년 85세를 일기로 사망했다.

삶을 견디는 기쁨

필사 노트

* 가장 마지막 장에서부터 필사를 시작하세요.
* 헤세의 문장을 더 깊이 음미할 수 있습니다.

● 열한 번째 ●

인간은 수많은 것들에 대해 두려움을 가지고 있다.

아픔, 다른 사람의 판단, 자기 자신의 마음, 잠드는 것과 깨어나는 것,
혼자 있는 것, 추위, 향기, 죽음에 대해 두려워한다.

그러나 그 모든 것들은 가면에 불과하다.

실제로 사람이 두려움을 짓는 대상은 한 가지뿐이다.
몸을 내던지는 것, 미지의 세계로 뛰어드는 것,
안전했던 모든 것을 뿌리치고 훌쩍 몸을 던지는 것이다.

원 고 지

'훌륭한 하루' 중에서

년   월   일

마음이 무거울 때 쓸 수 있는 좋은 방법이 있다.

노래를 부르고, 경건하게 행동하고,

술을 마시고, 음악을 연주하고, 시를 짓고, 산책을 나가는 거다.

그런 것들을 이용해 나는 우울증자가 경건을 읽으며

시간을 보내는 것처럼 살아가고 있다.

• 오늘 반째 •

받 는 이

편 집 부

'한 편의 일기' 중에서

자기 마음속에 개울과 저수를 품고

그 소리에 귀 기울이는 것은

가능한 한 충실하고 정확하게

자신의 영혼이 움직이는 모습을 보는 사람이라야

그 의미를 알 수 있게 된다.

지금과는 다른 모습으로 살아야 할 것만 같았다.

하늘이 있는 풍경으로 더 자주 시선을 옮기고,

나무가 있는 자연으로 더 자주 발걸음을 하며,

자기 자신만을 위한 시간을 더 확보하며,

이름다움과 기대함의 비밀을 느낄 수 있도록

좀 더 가까이 다가가는 것 말이다.

• 옮겨 쓰기 •

행복과 고통은 우리의 삶을 함께 지탱해 주는 것이며 우리 삶의 전체라고 할 수 있다.

고통을 잘 이겨 내는 방법을 아는 것은 인생의 절반 이상을 산 것이라는 말과 같다.

고통을 통해 힘이 솟구치며 고통이 있어야 건강도 있다.

고통은 사람을 부드럽게 만들고, 강철처럼 단단하게도 만들어 준다.

'내면의 부유함' 중에서

년 월 일

사랑에 빠지는 것은 쉽지만 진정으로 누군가를 사랑한다는 것은
참으로 어렵다는 것을 우리들은 너무나 잘 알고 있다.

진정한 가치를 지닌 것들이 대개 그러하듯

사랑은 돈으로 살 수 있는 것이 아니기 때문이다.

쾌락은 돈으로 살 수 있어도 사랑은 돈으로 살 수 없다.

년   월   일

불면증은 경외심을 배울 수 있는 최고의 학교다.

모든 사물에 대한 경외심,

초라한 삶에 시간이 지날수록

점점 더 분위기를 고조시키는 향기에 대한 경외심,

시나브로 예술적 활동을 위한 최고의 조건으로서의 경외심.

년   월   일

'잘못 이루는 밤' 중에서

년 월 일

평생 동안 잘 못 이루는 밤을

단 한 번도 경험해 보지 않은 사람도

절대로 사랑할 수 없을 것 같다.

만약 그런 사람이 있다면

아마도 그는 가장 순진한 영혼을 지닌

어린아이 같은 사람일 것이다.

내가 예술가라고 생각하는 사람이란

삶을 살아가면서 스스로 성장하고 있는 사람들,

자기가 쓰는 힘의 근원을 알고

그 위에 자신만의 고유한 방식을 쌓아 올리는 것을

꼭 해야 한다고 느끼는 사람들을 말한다.

근 현 일

'절대 잊지 말자' 중에서

년　월　일

저녁이 따스하게 감싸 주지 않는

힘겹고, 뜨겁기만 한 낮은 봤다.

무자비하고 사납고 소란스러웠던 낮도

어머니 같은 밤이 감싸 안아 주리라.

● 첫 번째 ●

년   월   일

● 첫 번째 ●

한 뼘의 하늘, 초록의 나뭇가지로 뒤덮인 정원의 울타리,

트트한 말, 맺진 개, 산산오오 떼를 지어 가는 아이들,

이른 밤길 갓아 돌린 애인의 머리.

우리는 아름다운 그 모든 것들을 눈에 담을 수 있어야 한다.

삶을 견디는 기쁨

필사 노트